OUPS ! J'AI INVOQUÉ UN LIDÉRC

Sorcières et Monstres

RÉGINE ABEL

COUVERTURE PAR
Régine Abel

ILLUSTRATIONS PAR
Morgan
Vvevelur

TOUS DROITS RÉSERVÉS
Copyright © 2025

Ce livre utilise un langage mature et contient des scènes sexuelles explicites. Il ne convient pas à des lecteurs âgés de moins de 18 ans.

TABLE DES MATIÈRES

OUPS ! J'AI INVOQUÉ UN LIDÉRC

Casse un œuf, fais éclore un démon !

Lorsque Coral va récupérer les affaires laissées dans leur ancien appartement par Angélique – son odieuse ex-colocataire – elle déclenche sans le vouloir une véritable tempête. Comment aurait-elle pu savoir qu'elle ramenait Vazul, un démon sexuel incroyablement sexy, à la langue bien pendue et à l'esprit vif ? Elle devrait le chasser, mais l'idée de se séparer de son irrévérencieux démon lui est insupportable.

Alors qu'Angélique est déterminée à récupérer ce qu'elle considère comme son bien, Coral devrait-elle protéger Vazul des plans maléfiques que cette sorcière malfaisante lui réserve, ou devrait-elle saisir l'occasion de s'enfuir ?

DÉDICACE

À ceux qui font preuve de gentillesse pour le simple plaisir de le faire, sans espérer être félicités ou récompensés. On vous remarque bien plus que vous ne le pensez. Une bonne âme est comme un phare qui brille de mille feux, apportant le bonheur et réconfortant tous ceux qui baignent dans votre aura. Quand vous vous y attendrez le moins, mais que vous en aurez le plus besoin, cette même lumière magnifique vous illuminera à son tour.

Ne laissez pas ceux qui cherchent à voler et à s'approprier votre lumière vous faire dévier de votre chemin. Les ténèbres ne peuvent envahir nos vies que si nous choisissons de les laisser entrer.

À ceux qui acceptent leurs démons intérieurs.

CHAPITRE 1

CORAL

Aucun mot ne pouvait exprimer la profondeur de mon agacement alors que je fixais la pile de bric-à-brac que je devais ramener. Cette chère, adorable, mais en réalité carrément insupportable Angélique trouvait toujours le moyen de me casser les pieds.

Trois mois plus tôt, lorsque j'avais quitté l'appartement que je partageais avec elle et Sophia, je pensais en avoir fini avec ses absurdités. Certes, j'étais partie avant le terme de notre bail, mais j'avais payé d'avance ma part restante afin qu'elles ne puissent pas revendiquer que je les avais lésées d'une manière quelconque. La séparation s'était faite à l'amiable. Comme je partais si tôt, mes deux anciennes colocataires avaient accepté de s'occuper du nettoyage final avant leur départ.

Comme prévu, Sophia avait fait sa part. Mais Angélique, la diva, avait laissé quelques affaires derrière elle. Et la propriétaire n'était pas d'accord. Sophia étant en voyage pour un mariage et Angie étant commodément retenue par un autre engagement, également hors de la ville, tout me retomba dessus. Peu importait qu'elle n'ait que quatre sacs et quelques babioles supplémentaires. Tout cela n'aurait plus dû être mon problème. Mais comme je ne voulais pas me retrouver à payer des pénalités de nettoyage puisque mon nom figurait toujours sur le bail, je dus sacrifier mon temps et jouer les déménageuses.

Mme Hopkins se racla la gorge avec une impatience des moins subtiles. J'aurais préféré de loin traiter avec le concierge plutôt qu'avec cette propriétaire autoritaire. Pour être honnête, elle n'était pas grossière ou méchante en soi. Elle nous faisait simplement nous tenir immédiatement droit, comme lors d'une revue militaire.

Grande et mince, cette femme âgée d'une cinquantaine d'années me fixait de ses yeux noirs comme de l'obsidienne, m'évaluant par-dessus ses lunettes étroites. Ses longs cheveux noirs étaient tirés en un chignon parfait. On aurait dit que chaque mèche avait tellement peur de se rebeller que Mme Hopkins n'avait même pas besoin de gel pour les maintenir en place. Elle portait toujours des tailleurs noirs avec une jupe arrivant aux genoux, une chemise d'un blanc immaculé sous le veston et des talons hauts noirs si bien cirés qu'on pouvait s'y mirer. On ne la voyait jamais sans maquillage, impeccablement appliqué, et qui mettait en valeur ses traits de manière naturelle et élégante.

Chaque fois que je me tenais en sa présence, je me sentais comme une enfant indisciplinée sur le point d'être réprimandée par la directrice d'un pensionnat strict pour jeunes filles.

Ne voulant pas mettre sa patience à l'épreuve plus longtemps que nécessaire, je tendis la main vers les grands sacs qu'elle avait heureusement préparés pour moi. Me penchant de manière à cacher ce que je faisais, je me jetai discrètement un sort de force. J'aurais dû le faire avant d'entrer dans l'appartement, mais je ne m'étais pas attendue à ce qu'il y ait autant de choses. Même si la plupart des gens considéraient la magie comme une croyance superstitieuse, on ne criait pas sur les toits que l'on pratiquait cet art. Et encore moins quand on n'était qu'un amateur comme moi.

Je pris d'abord la cape d'hermine raffinée posée sur les sacs et la glissai sous mon bras gauche. Puis je pris deux sacs dans chaque main. Ces satanés sacs débordaient. Qu'elle soit parvenue à les fermer relevait presque de la sorcellerie.

— Allez, j'y vais. Désolée pour le dérangement, dis-je à Mme Hopkins avec un sourire crispé.

Elle me lança un regard étrange, et mes sens se mirent en alerte lorsque le plus subtil des sourires en coin se dessina sur ses lèvres fines.

— Pas si vite, Coral. Vous avez oublié une chose, dit-elle avec ce ton excessivement poli que les réceptionnistes utilisaient parfois.

Je clignai des yeux, ne comprenant pas à quoi elle faisait allusion, puis jetai un coup d'œil au sol autour de l'étroite entrée pour voir ce que j'avais pu manquer. Elle claqua des doigts, me faisant relever brusquement la tête.

— Pas par terre, mais ici, dit-elle en pointant son index élégamment manucuré vers la console appuyée contre le mur de gauche.

Elle saisit une pierre noire en forme d'œuf posée dessus.

— Qu'est-ce que c'est ? demandai-je, perplexe.

— Un autre objet appartenant à Angélique, répondit Mme Hopkins d'un ton blasé en haussant les épaules avec désinvolture.

— C'est de la poubelle ! m'écriai-je, incrédule. Qui se soucie d'une pierre ? Et de toute façon, comme vous pouvez le voir, je n'ai pas de place pour transporter ça.

— Tut, tut, répondit-elle avec une expression obstinée. Tout doit être enlevé, car je ne veux pas être poursuivie pour des biens manquants.

— Mais...

Avant que je ne puisse terminer ma phrase, Mme Hopkins fourra la pierre sous mon aisselle, juste au-dessus de l'hermine.

— Vous voyez ? Tout est réglé ! dit-elle d'un ton excessivement suffisant qui me donna envie de lui donner un coup de pied. Maintenant, vous pouvez y aller !

Extrêmement agacée, je marmonnai quelque chose entre mes dents, lui adressai un signe de tête sec et me retournai pour partir.

— Sachez, Mlle Reef, que les objets les plus insignifiants sont souvent les plus précieux, dit-elle d'un ton mystérieux.

Oui, c'était moi, Coral Reef. Mes parents étaient du genre hipster qui se croyaient malins et les comédiens les plus hilarants qui soient. Au lieu de cela, ils ne faisaient qu'accumuler les Prix Darwin de l'Embarras. Malheureusement pour moi, j'étais née à une époque où les parents s'efforçaient exagérément trop d'être trop ingénieux dans le choix des prénoms de leurs enfants. En fait, j'aimais bien mon prénom. C'était la combinaison avec mon nom de famille dont je me serais bien passée. Mais bon, c'était mieux que des prénoms bizarres comme Tu Morrow, Angel Face et Skibidi, dont avaient été « bénies » certaines pauvres âmes de ma connaissance. Malgré tout, j'aimais mes parents en dépit de leurs excentricités.

— Quoi ? demandai-je, perplexe, en lui jetant un regard par-dessus mon épaule.

Elle me lança à nouveau ce regard mystérieux. Mais cette fois, l'intensité de son regard sombre me déconcerta.

— Vous verrez. Mais vous devriez vous dépêcher avant que votre taxi ne parte, dit-elle avec un sourire presque moqueur.

— Oh putain ! murmurai-je avant de tiquer immédiatement. Désolée !

Elle ne dit pas mot, se contentant de me fixer. Je marmonnai une autre excuse avant de déguerpir. Je détestais être aussi chargée, mais mon sort de force faisait des merveilles, rendant ces sacs autrement lourds aussi légers que des plumes. Je me précipitai vers l'ascenseur, mais vis la cabine descendre sous mon nez.

Je m'arrêtai net, rejetai la tête en arrière et fermai les yeux en

4

gémissant bruyamment. Autant j'avais adoré vivre dans cet ancien bâtiment classé monument historique, autant j'avais toujours eu des sentiments mitigés à propos de l'ascenseur en bois classique. Il se distinguait par ses détails ornés et ses fenêtres en verre qui permettaient de voir l'intérieur du bâtiment pendant la montée et la descente. Il était également équipé d'une grille métallique rétractable qui servait de porte de sécurité et qui devait être fermée à chaque étage pour que la cabine puisse se déplacer. Malheureusement, il était aussi magnifique que lent.

Comme je ne pouvais pas risquer d'attendre indéfiniment qu'il revienne – en supposant qu'un autre étage ne l'ait pas appelé avant moi – je me rabattis sur les escaliers. Une fois de plus, je me félicitai d'avoir utilisé ce sort de force. Sans lui, j'aurais été dans tous mes états. Cela ne rendit pas mes jambes moins chancelantes lorsque j'atteignis le hall d'entrée depuis le cinquième étage.

Alors que je me hâtais vers l'entrée, je poussai intérieurement une série de jurons indignes d'une dame lorsque je constatai que l'ascenseur était vide et que la porte de la cage était ouverte. Si j'avais encore été à l'étage, j'aurais attendu cet ascenseur jusqu'à la fin des temps, car il ne se serait jamais mis en marche tant que la porte n'aurait pas été fermée. Une partie de moi se sentit presque coupable de ne pas aller la fermer pour quelqu'un d'autre qui aurait pu en avoir besoin. Cependant, non seulement ce n'était plus mon problème, mais j'avais un taxi à prendre.

Je sortis du bâtiment presque en courant, mais mon cœur se serra lorsque je vis que l'endroit où mon taxi m'attendait était vide. Paniquée, je tournai la tête dans les deux directions de la rue et aperçus l'arrière de mon taxi avec ses clignotants allumés alors qu'il partait sans moi.

— Tu te fous de ma gueule ?! m'écriai-je, furieuse.

Je n'étais pas partie depuis si longtemps que le taxi n'aurait pas pu attendre. Certes, le temps était de l'argent, et vu le nombre de courses que les chauffeurs avaient, il était plus rentable pour eux de rouler que de rester à l'arrêt en attendant un client.

Je levai les yeux vers la fenêtre de mon ancien appartement et vis Mme Hopkins qui m'observait. Même de loin, je pouvais voir son sourire étrange. Si cette supposition n'était pas complètement saugrenue – ou du moins je l'espérais – j'aurais pensé que c'était elle qui avait renvoyé mon taxi. Mais en quoi cela lui aurait-il profité ?

Vaincue, je posai les deux sacs que je tenais dans ma main droite par terre, sortis mon téléphone et composai d'une main le numéro pour appeler un autre taxi. Comme je le craignais, on m'informa qu'il y avait un nombre excessivement élevé de demandes, ce qui signifiait qu'il faudrait attendre près de quarante minutes, voire plus, avant qu'un autre taxi puisse venir me chercher.

Une rage indicible me brûla les entrailles. L'espace d'un instant, je songeai sérieusement à larguer toutes les affaires d'Angélique. Je n'étais ni sa putain de servante ni sa bonne à tout faire. Mais comme j'étais stupidement du genre à toujours vouloir faire plaisir, je ravalai ma colère et me dirigeai vers l'arrêt de bus le plus proche. J'avais vraiment l'impression d'être victime d'un complot.

Je possédais ma propre voiture, qui se trouvait opportunément au garage pour une vidange d'huile et une révision. Si on m'avait prévenue plus tôt que cela devait être fait aujourd'hui, j'aurais reporté l'entretien. Mais non, Mme Hopkins m'avait appelée moins d'une heure après que j'aie déposé la voiture pour me dire de venir tout récupérer, car les autres ne pouvaient pas le faire. Sinon, nous risquions toutes une amende.

La prochaine fois, paie juste cette putain d'amende.

Comme c'était le début de l'automne, il faisait déjà un peu frais. Heureusement, je n'eus pas à attendre longtemps avant que le prochain bus arrive. Cependant, j'avais une bonne raison d'éviter les transports en commun, car ils étaient toujours bondés ici. Et aujourd'hui ne faisait pas exception. Je me frayai un chemin jusqu'au milieu du bus avant d'être prise en sandwich entre beaucoup trop de corps. Comme beaucoup d'entre eux portaient des manteaux ou des blousons épais, je ne tardai pas à avoir un peu trop chaud. Je me réconfortai en me disant que le trajet ne durerait que dix minutes. Si je prétendais être dans un sauna plutôt que dans une mer humaine, cela serait peut-être un peu plus supportable.

Sauf qu'un sauna ne sent pas les aisselles non lavées et l'haleine d'ail.

Et un type costaud à ma gauche, qui me dominait de toute sa hauteur, me martelait allègrement avec les deux. C'était dans des situations comme celle-ci que je me reprochais de ne pas avoir poursuivi ma formation de sorcière avec plus d'assiduité. J'aurais donné mon sein gauche pour connaître un sortilège anti-odeur.

Alors que je me lamentais sur mon sort, un choc violent secoua soudainement le bus, accompagné d'un grand fracas. Sans les innombrables corps serrés comme des sardines dans le véhicule, j'aurais probablement été projetée à plusieurs mètres par la force de l'impact. Mon estomac se retourna avec cette sensation bizarre de montagnes russes alors que le bus pivotait avant de s'arrêter brutalement en percutant quelque chose d'autre. Endolorie et étourdie, il me fallut un moment pour reprendre mes esprits parmi les cris, les gémissements et les bousculades des gens qui tentaient de se redresser ou d'éviter d'être écrasés.

Il fallut un moment avant que les personnes les plus proches des fenêtres puissent communiquer au reste d'entre nous ce qui s'était passé. Un véhicule avait grillé un feu rouge et percuté le bus, nous faisant faire un tête-à-queue. Mais nous ne pouvions pas descendre, car les portes avant étaient enfoncées. Les portes arrière étaient également bloquées par le lampadaire contre lequel nous nous étions écrasés et qui nous avait empêchés de continuer à tournoyer. Le seul point positif dans ce désastre était l'absence de blessés graves parmi les passagers.

À ma grande consternation, il fallut plus d'une demi-heure pour nous extraire de ce qui commençait rapidement à ressembler à un four. Le bus devenait de plus en plus chaud et étouffant. À en juger par l'odeur nauséabonde qui me parvenait, au moins une ou deux personnes s'étaient souillées dans la panique. Ajouté au parfum « eau de sueur et d'ail » dont mon voisin nous gratifiait, cela rendait la situation encore plus intenable.

La sueur me coulait dans le dos. Pire encore, mes aisselles commencèrent à me démanger. Mais avec ce fichu œuf en pierre coincé dessous, je ne pouvais qu'essayer de me tortiller dans l'espoir d'obtenir un peu de soulagement. Puis je sentis une fissure. Mes yeux faillirent sortir de leurs orbites et mon cœur sombra. La dernière chose dont j'avais besoin était que le contenu d'un œuf noir pourri se répande sur l'hermine raffinée d'Angie et sur mes vêtements tandis que j'étais prisonnière de cet enfer.

À mon grand soulagement, l'œuf parut intact. Mais cette fausse alerte suffit à me faire tenir immobile.

Après une éternité et un jour, ils nous laissèrent enfin descendre. L'air frais ne m'avait jamais semblé aussi merveilleux. Lorsqu'ils nous dirent de monter dans un autre bus qu'ils avaient spécialement affrété pour transporter les personnes indemnes, je faillis refuser. Mais je ne me voyais pas marcher les six kilomètres qui me séparaient encore de chez moi.

Heureusement, le karma avait apparemment décidé que j'en avais eu assez pour la journée, et le reste du trajet jusqu'à la maison se déroula sans encombre. Je ne me souvenais pas avoir été aussi heureuse à la vue de ma demeure, à part le jour où j'en avais officiellement reçu les clés lors de son achat quelques mois auparavant. Je pénétrai dans la maison et posai les quatre sacs à l'entrée, près de la console. Après avoir soigneusement retiré l'œuf de sous mon aisselle, je déposai l'hermine sur les sacs.

Je restai bouche bée lorsque je remarquai enfin ce qui semblait être une fissure sur la coquille noire de l'œuf. Bien qu'il eût le même éclat qu'une pierre polie, sa texture ressemblait vraiment à celle d'un œuf, même s'il était beaucoup trop dur pour en être un. La fissure semblait briller de l'intérieur, comme si elle contenait des flammes rouges. L'œuf était anormalement chaud au toucher, mais pas comme si quelque chose brûlait à l'intérieur. Était-ce simplement la chaleur de mon corps après l'avoir tenu sous mon aisselle pendant près de deux heures ?

Je gémis intérieurement à l'idée de la crise de colère qu'Angie allait sûrement piquer lorsqu'elle remarquerait que sa propriété avait été endommagée. Cette chipie prétentieuse exigerait probablement aussi une compensation financière, même si elle n'en avait absolument pas besoin.

Une fois de plus, je me reprochai d'avoir attiré cette merde sur moi avec mon stupide besoin de sauver les gens de leur propre stupidité et de leur paresse.

Peut-être que je pourrais simplement le lui cacher.

J'envisageai sérieusement de le faire. Il y avait de fortes chances qu'Angie ne se souvienne même pas de cette pierre en forme d'œuf. Le problème, c'était qu'elle finirait éventuellement par s'en souvenir si quelque chose en rapport avec cela venait à se produire. Et alors elle pèterait les plombs et exigerait que je lui rende immédiatement son bien, m'accusant d'être une voleuse.

Putain de merde. Il n'y avait tout simplement pas moyen de gagner.

Ne voulant pas risquer d'endommager davantage l'œuf s'il venait à tomber, je me dirigeai vers la cuisine et sortis un grand bol à fruits. J'y plaçai une serviette épaisse et déposai délicatement l'œuf au milieu, en l'enveloppant soigneusement dans la serviette pour m'assurer qu'il était bien calé et stable.

Impatiente de me débarrasser de l'odeur nauséabonde du bus et de la chaleur, je sautai sous la douche, reconnaissante de la caresse délicieuse et apaisante de l'eau sur ma peau. Je venais de commencer à me savonner le corps lorsqu'un bruit fort me fit sursauter. Je retins mon souffle, fermai le robinet et tendis l'oreille pour voir si j'entendais autre chose ou si mon imagination me jouait des tours. Lorsque le silence se prolongea, je haussai les épaules et repris ma toilette.

Quelques instants après avoir commencé à me rincer, j'entendis un autre craquement bruyant suivi de ce qui ressemblait à un sifflement. Cette fois, je savais que je n'avais pas rêvé. Je me rinçai rapidement pour éviter de glisser et de me casser le cou, puis j'enroulai une serviette autour de moi. Me maudissant de ne pas avoir poussé plus loin mon apprentissage de la magie, je pris une paire de ciseaux et ouvris prudemment la porte.

— Il y a quelqu'un ? criai-je, me demandant si c'était stupide de leur faire savoir que j'étais consciente de leur présence ou si c'était un bon moyen d'effrayer tout intrus potentiel.

Pendant une fraction de seconde, j'envisageai de m'habiller avant d'aller voir. Mais je préférais courir dehors les fesses à l'air mais vivante plutôt que d'être poignardée par un tueur en série en plein milieu d'enfiler ma petite culotte.

Comme le bruit venait du rez-de-chaussée, je ne voulais pas rester coincée ici, au deuxième étage, sans issue. Tendant l'oreille pour détecter toute activité suspecte, je descendis prudemment les escaliers, mes longs ciseaux fermement serrés dans ma main droite. Jamais autant qu'aujourd'hui je ne me réjouis que mes planchers ne craquent pas.

Mon cerveau enregistra immédiatement que la porte d'entrée était toujours fermée et que les sacs demeuraient intacts près de la console. Aucun signe visible de désordre n'indiquait la présence d'un intrus. Cependant, alors que j'atteignais le palier et que je jetais un coup d'œil vers la droite en direction de la cuisine, mon cœur rata un battement en voyant une lueur rougeâtre palpitante. Je me ruai dans la cuisine, pensant que quelque chose était en feu, mais je m'arrêtai net lorsque je vis la source de la lueur.

De nombreuses autres fissures étaient apparues à la surface de la partie visible de l'œuf à travers la serviette qui l'enveloppait. De là où je me trouvais, on aurait littéralement dit qu'un cœur battait à l'intérieur. Mes pieds me portèrent avec une volonté propre jusqu'à l'îlot sur lequel se trouvait le bol. Avec beaucoup de précaution, je retirai la serviette pour exposer davantage l'œuf. Un réseau de fissures recouvrait sa surface sombre. Et pourtant, il conservait une intégrité apparente.

Pour une raison que je ne pourrais jamais expliquer, mon stupide cerveau décida que c'était une bonne idée de le ramasser. La brûlure intense à laquelle je m'attendais ne vint jamais, même si l'œuf semblait rempli de lave. Il était très chaud, mais d'une manière agréable.

Qu'est-ce qui va bien pouvoir éclore de là ?

Angie collectionnait souvent des objets exotiques, mais elle était trop nombriliste pour élever des animaux de compagnie. Enfin, sauf son chat noir, Merlin, car il demandait peu d'entretien. Lorsque nous étions colocataires, Sophia et moi nous chargions principalement de le toiletter et de le nourrir. Maintenant, Angie demandait à sa femme de ménage de le faire, sauf pour le nourrir. Tout chez Angie était axé sur l'acquisition de plus de pouvoir et l'augmentation de sa magie ou de son influence sur les autres. Elle n'avait pas de temps à consacrer à quoi que ce soit qui exigeait qu'elle s'en occupe. Alors, qu'est-ce que cela pouvait bien être ?

Comme j'étais encore très novice dans le monde ésotérique, je ne savais absolument rien du genre de créature bizarre qui pouvait sortir d'un œuf noir.

Ne sachant pas quoi faire, je jetai un coup d'œil autour de la pièce, me demandant où je devais le mettre pour qu'il éclose. Il fallait un endroit sûr, car je ne voulais pas que la créature tombe du comptoir si elle ne pouvait pas voler. Mais alors même que cette pensée me traversait l'esprit, des images de bêtes cauchemardesques envahirent mon esprit. Et si c'était une sorte de monstre volant carnivore qui sortait et se jetait sur moi pour me dévorer ? Devais-je trouver une cage ou un dispositif de confinement pour l'y mettre pendant que j'appelais le Conseil des Sorcières à l'aide ?

Appeler Angie aurait été la solution la plus simple, mais j'avais essayé de la joindre en vain au moins trois fois ce matin, depuis que Mme Hopkins m'avait demandé de venir chercher ses affaires. Je ne savais pas si elle était vraiment trop occupée ou si elle ignorait délibérément mes appels, sachant que je risquais de la réprimander pour m'avoir refilé la tâche de récupérer ses affaires.

Toutes ces réflexions s'envolèrent de mon esprit lorsqu'un craquement bruyant retentit à nouveau. Mon cœur faillit bondir hors de ma poitrine lorsque l'œuf se mit à trembler violemment dans mes mains. Je poussai un cri strident et le laissai instinctivement tomber sous le choc.

— Non ! criai-je en le regardant tomber sur le sol en travertin de la cuisine, comme si c'était au ralenti.

À ma grande consternation, l'œuf ne se brisa pas et ne répandit pas son contenu rouge vif sur le sol. Au lieu de cela, d'innombrables fissures tapissèrent sa surface obsidienne et il trembla violemment une fois, deux fois... Puis le sommet s'envola tandis qu'une main noire griffue jaillissait de l'œuf. Je hurlai à nouveau et reculai rapidement jusqu'à ce que le mur bloque ma retraite. Paralysée par la peur, je restai là, immobile, souhaitant que le mur m'engloutisse tout entière.

Devant moi, une forme humanoïde jaillit de la coquille brisée comme un génie sortant de sa lampe. Il prit rapidement la forme d'un mâle musclé au visage humain envoûtant, avec une longue paire de cornes dressées vers le haut, des yeux rouges brillants, de longs cheveux noirs ondulés et des oreilles pointues. Sauf qu'il n'était pas un génie. Alors que son corps tout entier émergeait de l'œuf, une longue paire de jambes musclées apparut également. Il sembla flotter lentement vers le sol où il se tint debout dans sa glorieuse nudité. Sa peau était d'un gris très foncé, presque charbon. Sous celle-ci, des éclairs ardents pulsaient comme si de la lave voulait jaillir de lui.

Dans d'autres circonstances, mon regard se serait fixé sur son énorme membre – bien qu'il fût actuellement flasque – recouvert de crêtes inhabituelles.

Un sourire prédateur étira ses lèvres charnues, me laissant entrevoir des dents blanches parfaites encadrées par une paire de crocs acérés. Il agita la main droite, qui se mit à briller d'un rouge furieux. Simultanément, les fragments éparpillés de sa coquille se mirent à grésiller et à se flétrir avant de disparaître dans un nuage de fumée.

— Bonjour, Maîtresse, dit le démon d'une voix grave et sensuelle qui me donna la chair de poule. Si légèrement vêtue. J'en connais une qui est impatiente... J'approuve.

Il ajouta ce dernier commentaire d'une voix ronronnante alors qu'il commençait à s'approcher de moi. Cela me sortit enfin de ma torpeur terrifiée. Je poussai un nouveau cri strident et me précipitai vers la porte d'entrée.

Un bruissement discret résonna derrière moi un demi-temps avant qu'une boule de feu ne file à côté de moi à une vitesse vertigineuse. Au début, je crus que le démon m'avait lancé une boule de feu. Mais la sphère enflammée s'arrêta juste devant la porte avant de prendre la forme du démon sombre. Je tentai de m'arrêter, mais je perdis l'équilibre. Je glissai et regardai mes pieds s'élever devant moi alors que je tombais lourdement sur le parquet. Une douleur irradia de ma fesse droite, descendit le long de ma jambe et remonta jusqu'au bas de mon dos. Portée par mon élan, je glissai encore quelques mètres vers lui, lui offrant une vue imprenable de mes fesses et de mon sexe.

— Aïe ! gémis-je, blessée, humiliée et terrifiée.

À ma grande surprise, une expression de véritable inquiétude – étrangement mêlée de désapprobation – se dessina sur le visage du démon.

— Maîtresse ! Regarde ce que tu t'es fait ! Où fuis-tu ? demanda-t-il en se précipitant vers moi.

Avant même que je ne puisse me remettre debout, il me souleva sans effort, me serrant étroitement contre lui alors que la serviette traîtresse tombait. Mon souffle se bloqua dans ma gorge et j'émis un drôle de gargouillis étranglé lorsqu'il passa nonchalamment sa main gauche sur ma fesse tout en me tenant fermement contre lui, son bras droit enroulé autour de mon dos.

— Quel derrière parfait, murmura-t-il à voix haute. Tu ne peux pas l'abîmer avec un comportement aussi imprudent.

Je criai à nouveau et poussai contre sa poitrine pour me libérer de son étreinte. Il grimaça en entendant ce son strident et me regarda comme si j'étais mentalement déficiente.

— Lâche-moi ! criai-je.

Il obtempéra aussitôt. Je hoquetai, choquée de me retrouver en train de tomber. Mes pieds atterrirent sur le sol dans un mauvais angle. La gravité – cette vieille garce – commença immédiatement à me tirer vers l'arrière. Les yeux écarquillés, je tendis instinctivement la main vers quelque chose à quoi m'agripper. Avec une rapidité fulgurante, le démon attrapa mon poignet, me stabilisant avant que je ne m'écrase à nouveau.

Je libérai mon bras de sa poigne et m'éloignai de lui en titubant. Son regard peu impressionné me piqua au vif.

— Tu ne peux même pas tenir debout, dit-il d'un ton désapprobateur.

— J'ai dit de me lâcher, pas de me larguer comme un sac de pommes de terre ! m'écriai-je, outrée. Alors bien sûr que j'avais faillis retomber.

Je m'emparai rapidement de la serviette qui traînait par terre et m'en enveloppai tout en reculant de quelques pas supplémentaires. Même si mon esprit ne cessait de me dire de m'enfuir, la panique initiale s'était apaisée. S'il avait voulu me manger et utiliser mes os comme cure-dents, il l'aurait déjà fait. Mais il avait immédiatement obéi lorsque je lui avais demandé de me poser par terre. Peut-être n'était-il pas si méchant que ça, après tout ?

Il plissa les lèvres, visiblement déçu, tout en fixant la serviette.

— Quel dommage d'obstruer une si belle vue, dit-il sur le même ton désapprobateur.

— C'est quoi ce bordel ? murmurai-je, incrédule. Qui es-tu ? Et qu'est-ce que tu fous ici ?

— Je m'appelle Vazul, et je suis ton Lidérc.

— Tu es mon quoi ? demandai-je, abasourdie.

— Ton Lidérc, répéta-t-il en fronçant les sourcils, comme s'il se demandait si j'étais malentendante.

— C'est quoi un leedurts ? demandai-je, encore plus confuse.

À ma grande surprise, ma question sembla véritablement l'offenser.

— C'est Lidérc, pas leedurts. Et tu devrais le savoir. C'est toi qui m'as fait éclore, dit-il d'un ton agacé.

— Je n'ai rien fait de tel ! m'exclamai-je. Ton œuf a commencé à se fissurer de partout, me faisant mourir de peur. Bon, d'accord, je l'ai laissé échapper. Mais il était déjà presque ouvert. J'ai juste ramené chez moi l'étrange œuf en pierre de mon ex-colocataire et je l'ai mis dans un bol.

— Tu m'as tenu sous ton aisselle pendant deux heures, rétorqua-t-il en croisant ses bras musclés sur son large torse d'un air de défi.

— Eh bien, oui... répondis-je avec hésitation tout en ajustant la serviette autour de moi pour qu'elle tienne mieux. Je devais te sortir de notre ancien appartement, et tous mes sacs étaient pleins. C'était le seul endroit qui me restait pour te porter. Je veux dire, qu'étais-je censée faire d'autre ? Mettre ton œuf dans mon vagin ?

Loin d'être offensé par mon ton de plus en plus exaspéré à mesure que je parlais, Vazul sembla amusé et aussi plutôt dubitatif. Il plissa les lèvres et sembla réfléchir sérieusement à ma dernière remarque.

— L'idée de mettre mon œuf à l'abri dans ton vagin est assez intéressante. Malheureusement, cela ne t'aurait pas permis de m'invoquer. Un Lidérc doit être tenu sous ton aisselle pour éclore.

— Mais c'est quoi ce délire ?! m'écriai-je, ahurie.

— Ne fais pas l'innocente, répondit Vazul, qui semblait cette fois perdre patience face à ce qu'il considérait clairement comme une feinte ignorance de ma part. Personne ne tient un œuf noir sous son aisselle pendant des heures juste pour s'amuser. Il n'y a rien de mal à vouloir avoir son propre démon sexuel et serviteur obéissant. Pourquoi joues-tu à ce petit jeu ?

— Un démon sexuel ?! répétai-je en reculant involontairement d'un pas. Houlà ! Es-tu un incube ?!

Il poussa un soupir dédaigneux et me lança un regard noir, comme si j'avais dit quelque chose d'offensant.

— Je suis bien supérieur à un incube. Comme je l'ai déjà dit plusieurs fois, je suis un Lidérc.

— Et c'est quoi exactement ? insistai-je, commençant moi aussi à m'énerver.

Il ouvrit la bouche pour répondre mais fut interrompu par la sonnerie de mon téléphone. Surprise, je poussai un petit cri et pressai ma paume contre ma poitrine. D'habitude, je n'étais pas aussi nerveuse, mais la situation actuelle n'avait rien de normal.

Néanmoins, cet appel était une véritable bénédiction. C'était la sonnerie de Sophia. Si quelqu'un pouvait m'aider à démêler ce bordel, c'était bien elle.

— Reste là ! ordonnai-je en pointant un doigt menaçant vers Vazul. Ne fais rien de démoniaque pendant que je réponds à mon appel. Reste juste là où tu es.

Il me lança à nouveau ce regard peu impressionné tandis que

je reculais lentement avant de monter les escaliers en courant pour attraper mon téléphone. Pendant tout ce temps, je jetais des coups d'œil par-dessus mon épaule, soulagée de le voir rester docilement devant la porte, ses yeux rouges ne me quittant pas d'une seconde.

CHAPITRE 2
CORAL

Je faillis me rompre le cou en me ruant dans la salle de bains pour récupérer mon téléphone avant de rater l'appel. Je répondis et filai droit vers ma penderie pour en sortir quelques vêtements.

— Sophia, à l'aide ! m'écriai-je en guise de salut.

— Hé, Coral. Que se passe-t-il ? demanda-t-elle avec une pointe d'inquiétude dans la voix.

Je lui racontai brièvement ce qui s'était passé tout en enfilant une petite culotte et un débardeur bustier, avant de jeter un rapide coup d'œil à l'extérieur par-dessus la balustrade pour m'assurer que Vazul n'avait pas bougé. Heureusement, il était toujours cloué sur place, un air renfrogné plaqué sur son beau visage.

Je me précipitai de nouveau dans ma chambre pour enfiler une jupe et une paire de sandales.

— Bon sang ! Angie va piquer une crise quand elle apprendra que tu as son Lidérc ! s'exclama Sophia avec un mélange étrange de sympathie et de cette excitation morbide que les gens ressentaient lorsqu'ils venaient d'entendre un potin juteux.

— Qu'est-ce qu'il est ? Et pourquoi diable l'a-t-elle laissé derrière ? demandai-je à voix basse tout en jetant des coups d'œil furtifs à l'extérieur.

— C'est un démon sexuel. Angie a essayé de le faire éclore pendant des semaines... voire des mois. Mais l'œuf n'a jamais éclos. Elle a été furieuse pendant longtemps, puis elle a fini par se désintéresser, expliqua Sophia d'un ton complice.

— Pourquoi voudrait-elle d'un démon sexuel ?! demandai-je, sincèrement perplexe. Les hommes se bousculent pour lui enlever sa petite culotte... quand elle daigne en porter une. Alors pourquoi ?

Sophia s'ébroua. La promiscuité d'Angélique était légendaire. Étant à l'aise avec notre propre sexualité, nous n'étions pas du genre à critiquer les femmes libérées. Cependant, quand on partageait un appartement avec une colocataire qui avait constamment un défilé de partenaires à toute heure du jour et de la nuit et qui faisait beaucoup de bruit, cela devenait vite agaçant.

— Évidemment, coucher avec l'un d'entre eux doit être incroyable. Mais ce qu'elle veut vraiment, c'est le serviteur ultime qu'il représente, dit Sophia d'un ton plus sérieux. Un Lidérc fera absolument tout ce qu'on lui demandera. On peut lui confier autant de tâches qu'on veut et il les accomplira avec plaisir. En fait, il en a besoin.

Je me raidis, décontenancée par cette remarque.

— Que veux-tu dire par « il en a besoin » ?

— Un Lidérc ne peut pas rester inactif. Si tu ne lui donnes pas assez de travail, il fera des bêtises. Si tu as de la chance, cela jouera en ta faveur. Mais le plus souvent, cela te portera préjudice, comme une punition pour l'avoir négligé.

Mon esprit s'emballa en imaginant toutes les façons folles dont il pourrait me « punir » pour ne pas lui avoir donné assez de tâches à accomplir.

— Comment puis-je me débarrasser de lui ? Il n'y a pas de cercle magique pour le renvoyer, et il a fait disparaître les restes de son œuf, dis-je, la voix tendue, en retournant voir ce que faisait le démon.

— Pourquoi diable ferais-tu une telle chose ? s'exclama Sophia, véritablement choquée.

— N'est-ce pas évident ? murmurai-je, l'estomac noué en remarquant que les yeux de Vazul brillaient désormais d'un rouge vif et furieux.

Je m'éloignai de la balustrade située à seulement quelques mètres de ma chambre. Pour autant que je sache, il pouvait posséder une ouïe incroyablement fine et entendre tout ce que nous disions, même si je me retirais dans ma chambre et que je chuchotais.

— C'est un démon sexuel ! m'exclamai-je d'un ton évident. Ne drainent-ils pas la vie de leurs amants ?

— Eh bien oui, concéda Sophia à contrecœur. Mais cela ne se fait pas du jour au lendemain. Ils ne drainent qu'une infime partie. Un bon maître peut garder son démon pendant des décennies.

— Une infime partie, c'est déjà beaucoup trop ! Je n'ai que vingt-sept ans. Je ne vais pas mourir dans dix ou vingt ans juste pour avoir des relations sexuelles exceptionnelles avec un démon ! Et pourquoi ses yeux brillent-ils ?

— Ils brillent comment ? demanda-t-elle.

— Ils brillent, c'est tout. Avant, ils étaient juste rouge foncé. Maintenant, ils sont d'une teinte plus vive et lumineuse, répondis-je nerveusement avant de me faufiler dehors.

Mon cœur bondit lorsque je croisai son regard. La lueur s'était considérablement intensifiée, illuminant tout son visage d'une terrifiante brume rouge. Le coin de sa bouche s'était retroussé dans un début de rictus.

— Bon, ça ne va pas. Ça brille vraiment beaucoup, dis-je nerveusement.

— Il est contrarié parce que tu le laisses inactif. Donne-lui quelque chose à faire, répondit Sophia.

— Quelque chose comme quoi ? demandai-je, le cœur battant à tout rompre, car il devenait manifestement de plus en plus furieux à chaque seconde qui passait.

— N'importe quelle corvée... Je ne sais pas. Dis-lui de balayer le plancher !

— Le plancher ?! Je ne veux pas...

Un grognement grave et menaçant monta de l'étage inférieur. Vazul me fixait, les crocs à nu. Ils semblaient encore plus longs qu'avant, et des griffes acérées dépassaient désormais du bout de ses doigts. À en juger par son corps tendu et légèrement penché en avant, il ne semblait pas prêt à faire des bêtises. Il ressemblait plutôt à un prédateur prêt à tuer.

— Oh merde ! murmurai-je avant d'élever la voix pour lui crier un ordre d'un ton beaucoup moins assuré que je ne l'aurais souhaité. Pendant que tu attends que j'aie fini, pourrais-tu balayer le plancher ?

Je me préparai à l'entendre pousser un cri strident de banshee, à voir son beau visage se fendre soudainement en deux pour révéler une bouche cauchemardesque remplie de dents acérées, alors qu'il se jetait sur moi avec une rage folle parce que je lui avais fait une demande aussi scandaleuse.

À ma grande surprise, la lueur terrifiante s'estompa instantanément. Son corps se détendit et son rictus menaçant se transforma en sourire. Je restai bouche bée, incrédule, tandis qu'il se dirigeait droit vers ce que je pensais être le placard à balais. Quelques secondes plus tard, il revint avec le balai et se mit au travail, en commençant près de la porte d'entrée.

— Tu te fous de moi ?! murmurai-je, abasourdie.

Le son lointain d'une voix me fit sursauter. Je réalisai alors que je tenais le téléphone près de ma hanche, trop choquée pour me souvenir que j'étais en train de converser. Je remis le téléphone près de mon oreille.

— C'est vrai, cette merde ? demandai-je à Sophia.

Elle gloussa.

— Oui. C'est tout ce que font les Lidércs. Ils travaillent, acquièrent des richesses pour leurs maîtres et les baisent à mort. Tu as touché le gros lot !

— C'est de la folie !

— Non, ma belle. C'est génial ! Mais je dois y aller, répondit Sophia. Je voulais juste m'assurer que tu avais bien sorti les affaires d'Angie. On ne veut pas se mettre Mme Hopkins à dos. Mais la cérémonie de mariage commence.

— Comment puis-je m'en débarrasser ? demandai-je, paniquée.

— Tu ne peux pas ! Profite simplement de la meilleure aventure de ta vie, répondit Sophia d'une voix chantante. À plus tard !

Avant que je ne puisse dire un autre mot, elle raccrocha.

— Putain de merde, marmonnai-je, ne sachant pas quoi faire.

Prenant une profonde inspiration, je redescendis les escaliers pour aller voir mon démon. Le sol n'était pas particulièrement sale, car je mettais un point d'honneur à garder ma maison propre. Mais il parvenait tout de même à accumuler une quantité notable de poussière. Dès qu'il m'aperçut, l'expression paisible de son visage fit place à une déception flagrante.

— Tu t'es habillée, dit-il sur ce ton désapprobateur auquel je commençais à m'habituer.

— Bien sûr que oui, répondis-je avec une pointe de défi.

— Belle façon de gâcher la vue, marmonna-t-il tout en continuant à accomplir minutieusement sa tâche.

Je voulais le réprimander, et j'aurais probablement dû le faire. Cependant, je ne pouvais nier me sentir extrêmement flattée qu'il me trouve si attirante. Mais peut-être était-il simplement agacé par les obstacles supplémentaires qui l'empêchaient d'obtenir ce qu'il voulait.

Il a tout de même déclaré qu'il appréciait la vue.

Je me reprochai aussitôt de laisser mon esprit stupide s'attarder sur ces futilités au lieu d'essayer de résoudre ma situation délicate.

— Tu peux arrêter de nettoyer le plancher, dis-je, encore mortifiée de lui avoir confié cette tâche.

À ma grande surprise, il me foudroya du regard comme si je venais de l'insulter.

— Absolument pas ! Ma tâche n'est pas terminée !

Je le dévisageai, bouche bée, ne sachant pas comment répondre à cela.

— Bon, bon, d'accord, dis-je enfin, tandis qu'il continuait à s'affairer, accomplissant sa tâche avec une efficacité impressionnante. Mais tu as aussi besoin de vêtements. Sauf que je ne peux pas te trimballer en ville. Les gens paniqueraient s'ils voyaient un démon, ajoutai-je, penaude.

Il s'ébroua avec une expression légèrement dédaigneuse.

— Je suis un Lidérc, tu te souviens ? Je peux changer d'apparence pour devenir ce que tu veux. Par exemple, comme ça.

Ma mâchoire tomba alors que sa peau semblait fondre, presque comme s'il était une statue de cire et que son corps tout entier se transformait. Il gagna un peu plus de masse corporelle, avec des épaules plus larges et des muscles plus épais. Sa taille d'origine – que j'estimais à environ 1,95 mètre – s'accrut légèrement de quelques centimètres. Sa peau charbon se transforma en un brun foncé des plus appétissants, quelques nuances plus foncées que la mienne. Il posa sur moi ses yeux noisette qui brillaient d'une lueur victorieuse et me sourit avec ce visage divin qui avait figuré en bonne place dans nombre de mes rêves érotiques.

— Comment as-tu su ? murmurai-je, stupéfaite.

Il me gratifia d'un sourire suffisant.

— Une fois de plus, je te rappelle que je suis un Lidérc. Je connais les fantasmes les plus secrets de chaque personne. Comment pourrais-je autrement les satisfaire ?

— Ouf ! TMI ! dis-je en levant les mains dans un geste d'arrêt tout en secouant la tête.

— TMI ? répéta-t-il en penchant la tête sur le côté avec un air interrogateur.

— C'est l'abréviation de « Too Much Information » et je n'ai effectivement pas besoin de savoir tout ça, répondis-je.

Cependant, mon esprit stupide se mit immédiatement à se demander quel genre de choses bizarres il pouvait voir en moi. Au-delà des fantasmes que je connaissais déjà chez moi, qu'est-ce que mon subconscient pouvait bien cacher d'autre et qui aurait pu être révélé à ce démon, à mon insu ?

Le sourire de Vazul s'élargit tandis qu'il remuait les sourcils d'un air complice, ce qui ne fit qu'accroître ma mortification. Puis son énorme pénis noir se raidit.

— ARRÊTE ÇA ! m'écriai-je en détournant les yeux.

— Arrête de penser à des choses obscènes, et mon corps n'aura pas la réaction naturelle qu'elles provoquent, dit Vazul nonchalamment en haussant les épaules.

— Alors arrête de lire dans mon esprit ! Je ne peux pas contrôler les pensées folles qu'il concocte ! répondis-je sur la défensive.

— Je ne le lis pas. Tu projettes bruyamment tes souhaits parce que ton subconscient veut que je fasse quelque chose à ce sujet, rétorqua-t-il d'un ton moqueur.

De toute évidence, je ne connaissais pas assez son espèce pour savoir si sa réponse était sincère ou s'il s'agissait simplement d'une manipulation. Quoi qu'il en soit, toute cette situation était vraiment nulle.

— Chaque fois que j'aide quelqu'un, je me fais baiser, marmonnai-je.

— Tu te fais baiser ? répondit-il avec un air amusé. Ce n'est pas encore le cas. Mais je peux...

— Ça suffit ! m'écriai-je en levant les bras au ciel. Que suis-je censée faire de toi, bordel ?

— Bien des choses, Maîtresse. Veux-tu que je te montre ? demanda-t-il d'une manière odieusement suggestive.

— GAH ! grognai-je avec agacement avant de m'éloigner d'un pas rageur vers mon atelier.

Son petit rire suffisant me suivit jusqu'à ce que je claque la porte derrière moi. Je restai là à regarder tout le travail qui m'attendait et qui avait été mis à mal par les événements chaotiques de cette journée. Je gémis intérieurement, me sentant dépassée. J'étais si près du but, et pourtant si loin.

Lancer ma boutique de miniatures et de meubles était le rêve de ma vie. Je n'étais qu'à deux semaines de l'inauguration. Je l'avais délibérément programmée quelques jours après le grand salon des miniatures qui aurait lieu la semaine prochaine. J'espérais bénéficier d'une grande visibilité en tant qu'exposante. Avec un peu de chance, je réaliserais suffisamment de ventes pour engranger une somme d'argent conséquente qui m'aiderait à tenir le coup pendant les premiers mois, le temps que mon entreprise se consolide.

Comme toujours, j'avais été trop ambitieuse. Mon imagination débordante était mon éternel talon d'Achille. Toute la collection tournait autour du thème « L'époque victorienne hantée » du salon. J'avais créé plusieurs manoirs, commerces, rues, jardins et même un parc d'attractions miniatures. Chaque bâtiment ou espace extérieur était divisé en pièces ou en zones qui racontaient une partie de l'histoire de la hantise.

La grande table à l'arrière débordait de pièces individuelles que les gens pouvaient acheter pour peupler ou décorer leurs propres mondes miniatures, allant de minuscules meubles victoriens à des personnages vêtus de costumes et coiffés de manière appropriée à l'époque, en passant par des animaux de compagnie, des calèches, des plantes et tout le reste. Nombre de ces objets devaient initialement faire partie de mes autres créations, mais ils ne s'y intégraient finalement pas vraiment.

Mais mes principales créations – et celles sur lesquelles je comptais fonder mon entreprise – étaient des meubles de taille standard avec des miniatures intégrées. Après tout, les bibliothèques n'étaient pas les seules à mériter d'être mises en valeur avec des inserts pour coins lecture. Ma pièce maîtresse était ma table basse avec un laboratoire d'alchimiste intégré. Le plateau en verre épais nous permettait d'apprécier la beauté très détaillée de la pièce, avec des éléments interactifs tels que des lumières électriques et des bobines Tesla. J'avais conçu la table de manière à pouvoir changer la miniature intégrée pour un thème différent, comme une bibliothèque, une ruelle mystérieuse, etc. Pour le salon, la deuxième option intégrée était une rue victorienne hantée.

Les événements d'aujourd'hui avaient complètement bouleversé mes plans. Aller chercher les affaires d'Angie m'avait fait perdre toute ma matinée. Maintenant, je devais m'occuper d'un démon effrayant au lieu de commander le matériel manquant et de me remettre au travail pour terminer ma collection à temps. Avec mon TDAH, je n'arrivais même pas à décider par quoi commencer.

Je détestais l'idée que Vazul puisse reluquer Angie de quelque manière que ce soit. Le fait qu'il puisse regarder son corps nu comme il l'avait fait avec le mien me mettait dans une rage sans nom. Qu'est-ce qui n'allait pas chez moi ? Utilisait-il un pouvoir quelconque pour me faire le désirer ?

Je jetai un œil à mon ordinateur portable posé sur mon bureau. Sans réfléchir, je me dirigeai vers lui, m'assis sur ma chaise et tentai de faire des recherches sur son espèce démoniaque. À ma grande consternation, rien ne correspondait au nom que Vazul et Sophia avaient donné à son espèce. J'essayai différentes orthographes : lidurts, lidirts, liderts, et même des variantes avec deux « e » dans la première syllabe, mais en vain. Et si je cherchais « démons sexuels », tous les résultats parlaient d'incubes, de succubes ou d'hybrides mi-humains mi-démons appelés cambions.

Je devrais peut-être essayer de rappeler Angie.

La répugnance immédiate et la colère presque possessive que cette pensée déclencha en moi me stupéfièrent. Il ne faisait aucun doute qu'Angie se jetterait sur lui dès qu'elle apprendrait que l'œuf avait éclos. Elle aimait simplement accumuler des objets et apposer son sceau de propriété sur tout ce qui avait un tant soit peu d'originalité, afin de pouvoir se vanter de posséder des choses que personne d'autre n'avait. Mais c'était une émotion encore plus irrationnelle qui avait provoqué une réaction aussi forte de ma part.

Avant que je ne sombre dans le puits sans fond d'indécision qui m'aurait paralysée, la porte s'ouvrit, me faisant sursauter. Totalement imperturbable, comme s'il venait de faire irruption dans son propre bureau, Vazul se mit à balayer le plancher. Il avait repris son apparence démoniaque originelle.

Je le fusillai du regard, mes émotions contradictoires trop confuses pour que je puisse les démêler.

— Bon, tu as vraiment besoin de vêtements, grommelai-je.

Il interrompit son balayage pour me regarder, puis écarta les bras avant de baisser les yeux vers lui-même.

— Et gâcher cette vue magnifique ? demanda-t-il.

Je grimaçai.

— Tu es un peu égocentrique, non ?

Il haussa les épaules.

— Ce n'est pas de l'égocentrisme, plutôt de l'assurance fondée sur des faits.

Je roulai des yeux, cherchant une réplique cinglante pour le remettre à sa place. Cependant, le voir jeter un coup d'œil à ma collection de miniatures puis retrousser le nez d'un air dédaigneux me fit instantanément me raidir.

— Pouah ! Quelle exécution épouvantable d'une idée brillante, songea-t-il à voix haute.

— Wow ! Pourquoi ne dis-tu pas simplement ce que tu penses vraiment ? m'écriai-je, profondément blessée.

— Je viens de le faire, répondit-il d'un ton factuel en me lançant un regard perplexe, comme s'il remettait en question mon intelligence.

J'avais mis tout mon cœur et toute mon âme dans ce projet. Affirmer que j'avais sué sang et eau pour le mener à bien n'était ni un cliché ni une exagération. Le voir aussi brutalement critiqué était dévastateur.

— C'était incroyablement grossier et blessant, dis-je d'un ton sec, abasourdie qu'il puisse être aussi inconscient de la rudesse de ses propos.

Il pencha la tête sur le côté, perplexe.

— Tu veux que je mente ?

Je le fixai, bouche bée. Était-il vraiment aussi obtus ou simplement un connard ?

— Dehors, dis-je sèchement.

— Je n'ai pas nettoyé...

— DEHORS ! criai-je en pointant la porte du doigt avec colère.

Il fit une grimace comme si j'étais la créature la plus illogique qu'il ait jamais rencontrée, soupira, puis quitta la pièce. Je m'affalai contre le dossier de ma chaise et poussai un soupir, vaincue.

CHAPITRE 3
VAZUL

J e balayais les planchers à l'étage avec beaucoup plus de force que nécessaire, signe évident de mon irritation. Mais peut-être que le mot « malaise » aurait été plus approprié, ce qui me dérangeait beaucoup. Je n'appréciais vraiment pas les émotions qui émanaient de ma Coral. Même atténuées par la distance, elles avaient un goût fétide comparées à celles qu'elle avait exprimées plus tôt.

J'aimais le désir réprimé et la fascination naissante qu'elle ressentait à mon égard. Il n'y avait rien de plus délicieux pour moi que de briser la dernière résistance d'une proie désireuse d'être conquise. Et ma Maîtresse voulait que je lui fasse toutes sortes de choses innommables, une fois que sa conscience se serait réconciliée avec les désirs secrets de son subconscient.

Pourquoi était-elle si vexée ? J'avais parlé honnêtement. Le concept global de son projet était en effet brillant. Un simple coup d'œil m'avait suffi pour apprécier la créativité, la narration impeccable, l'approche innovante qu'elle avait adoptée pour certains meubles et l'harmonie entre tous les éléments qu'elle avait créés. C'était vraiment merveilleux. Mais l'exécution était plus qu'épouvantable. La finition laissait à désirer. Certains meubles miniatures n'étaient pas à l'échelle ou n'étaient pas parfaitement uniformes. Les matériaux qu'elle avait utilisés pour les bardeaux du toit ou pour fabriquer les fausses couvertures étaient épouvantables.

Au lieu de me mettre à la porte, Coral aurait dû me remercier de lui avoir fait remarquer que son concept pouvait être amélioré, puis me demander de le corriger. Après tout, c'était le but d'avoir un Lidérc.

Mais elle ne connaît rien de mon espèce.

Comment était-ce possible ? Elle m'avait fait éclore. On ne se baladait pas avec un œuf sous le bras pendant des heures juste pour le plaisir. Certes, elle affirmait avoir juste récupéré l'œuf et n'avoir trouvé nulle part ailleurs où le mettre, mais j'avais perçu son souci quant à la sécurité de mon œuf. Elle avait craint que je ne sois blessé à un moment donné. Alors comment pouvait-elle prétendre ne pas savoir ce que j'étais ?

Les gens étaient généralement fous de joie lorsqu'ils réussissaient à faire éclore l'un d'entre nous. Ils étaient conscients de notre valeur et savaient à quel point nous pouvions être précieux. Mais elle ne voulait pas de moi. Elle voulait sincèrement se débarrasser de moi et me renvoyer d'où je venais.

Cela me blessait profondément, ce que je n'aurais jamais pensé dire un jour.

De toute évidence, elle me désirait. Comment pouvait-il en être autrement ? Outre le fait que je me savais naturellement très attirant, j'étais un démon sexuel. Notre aura élémentaire attirait instinctivement les gens vers nous. Malgré cela, elle envisageait toujours de se débarrasser de moi. Et mes paroles avaient carrément attisé cette flamme.

Ce n'est pas acceptable.

Après tout, je l'avais choisie, moi aussi. Il y avait une raison pour laquelle tant d'aspirants échouaient à obtenir leur propre Lidérc. Je ne me laisserais pas renvoyer aussi facilement. De toute façon, elle allait bientôt découvrir que ce n'était pas une tâche si simple à accomplir. Et je rendrais encore plus impossible pour elle d'atteindre un objectif aussi ridicule. J'étais *son* Lidérc, et elle était *ma* Maîtresse. Personne ne m'enlèverait sans mon consentement ce qui m'appartenait de droit. Et je ne consentais pas à me séparer d'elle.

Peut-être devrais-je simplement m'excuser...

Mais elle m'avait ordonné de partir. Même si je n'étais pas d'accord avec ses ordres, je devais obéir. Sinon, je lui aurais fait remarquer à quel point elle était déraisonnable. J'avais donc dû me plier à sa volonté.

Elle ne m'a pas interdit de revenir.

Quand il s'agissait d'exploiter les failles, les démons et autres créatures des ténèbres excellaient à trouver les fissures par lesquelles ils pouvaient se faufiler. Un sourire presque malicieux se dessina sur mes lèvres avant qu'une nouvelle vague d'émotions contradictoires de ma Maîtresse ne m'irrite à nouveau.

Elle passait sans cesse de la détresse à la détermination, de la défaite à l'espoir, de l'agacement à la confusion, puis revenait au point de départ. J'avais envie de redescendre, de lui donner une bonne fessée, de la baiser jusqu'à ce qu'elle perde la tête pour lui rappeler quel trésor elle avait désormais en moi, puis de réparer les éléments défectueux de son projet pendant qu'elle savourait les derniers soubresauts de la volupté.

Satisfait de ce plan, je me dépêchai de terminer ma tâche afin de pouvoir retourner auprès de ma Coral. Alors que j'étais sur le point de descendre, je vis mon reflet dans son miroir.

Putain, je suis vraiment canon !

Je pris quelques poses, admirant les crêtes de mon membre et la façon dont mon feu intérieur brillait entre certains plis sur demande. Penser à quel point cela allait rendre ma femme folle de plaisir me fit durcir en quelques secondes.

Mais ma nudité l'agace.

Je me rebiffai instantanément à l'idée de me couvrir.

Comment pouvais-je la séduire correctement sans exhiber tout ce que j'avais à offrir ?

Tu es plus qu'un simple corps sexy.

Effectivement, j'étais bien plus que cela. En fait, j'étais tout ce dont elle ne savait même pas qu'elle avait envie ou besoin. Je réalisai alors que j'abordais tout cela de la mauvaise manière. Elle ne comprenait pas qui j'étais. Par conséquent, ma franchise la dérangeait. Ses émotions indiquaient clairement qu'elle avait besoin d'être réconfortée avant que nous puissions avoir une conversation plus rationnelle qui finirait par aider à abaisser ses barrières exaspérantes. Si je passais outre ses limites en retournant dans son atelier avec mon membre trop impatient bien en évidence, je ne m'attirerais aucune faveur.

Je fouillai dans sa penderie et ses tiroirs, en prenant soin de tout remettre exactement à sa place – même si je réajustai quelques vêtements qui n'étaient pas parfaitement positionnés. Sa silhouette élancée ne correspondait pas à ma stature beaucoup plus musclée en matière de vêtements. J'aimais tout ce qui se trouvait dans son placard, et j'imaginais déjà à quel point ces vêtements épouseraient parfaitement les courbes voluptueuses de son corps.

Et ses fesses... !

J'avais l'eau à la bouche rien qu'en repensant à leur forme parfaitement ronde et ferme sous ma paume lorsque j'avais vérifié à quel point elle s'était blessée lors de cette chute absurde. Je voulais encore rouler des yeux à l'idée qu'elle eût essayé de me fuir.

Après avoir fouillé un peu plus, je trouvai enfin la tenue parfaite. Outre le fait que c'était la seule chose qui m'allait, elle me donnait un air tellement ridicule qu'elle me permettrait sans aucun doute d'obtenir le résultat que je recherchais.

Je redescendis les escaliers, pieds et torse nus. Un étrange frisson d'excitation me parcourut l'échine lorsque je frappai à la porte puis l'ouvris rapidement pour l'empêcher de me renvoyer avant de m'avoir vu.

Comme prévu, elle tourna brusquement la tête vers la porte avec une expression furieuse.

— J'ai dit de... C'est quoi ce bordel ?! s'exclama-t-elle en voyant mon apparence.

Je dus faire appel à toute ma volonté pour ne pas éclater de rire. Toutefois, je ne pus m'empêcher d'afficher un sourire satisfait lorsque sa colère fit place à la stupéfaction, avant qu'elle ne se mette à glousser. Le côté désagréable de ses émotions précédentes s'estompa, laissant place à la saveur délicieuse dont je commençais déjà à devenir accro.

— Mais qu'est-ce que tu portes ? demanda Coral, incrédule, tout en continuant à rire.

— Tu as dit que je devais m'habiller. C'est ce que j'ai fait. Ce n'est pas vraiment mon style, mais ça me va plutôt bien, non ? demandai-je en battant des cils avant de prendre une pose, de pivoter pour lui offrir une vue à 360 degrés, puis de prendre une dernière pose.

Elle rit à nouveau. Putain, je voulais me délecter de ces émotions. Mais comme me nourrir faisait briller mes yeux, je ne voulais pas briser cette trêve fragile en étant trop gourmand.

— D'accord, mais ça ? Un tutu rose sur un démon sexuel musclé, c'est plus que ridicule, répondit-elle d'un ton gentiment réprobateur.

— Mais ça t'a fait rire, dis-je d'un ton factuel. Tes émotions joyeuses sont agréables et bien plus sympathiques que celles que tu exprimais tout à l'heure.

Son sourire disparut instantanément et elle me lança un regard noir, son ressentiment refaisant surface.

— Alors tu n'aurais pas dû chier sur mon travail, rétorqua-t-elle en croisant les bras avec colère.

— Je n'ai pas chié sur ton travail, répondis-je fermement. N'ai-je pas dit que le concept était brillant ? Parce que c'est absolument le cas, tout comme la créativité. Mais l'exécution laisse à désirer. Je m'excuse si mes propos t'ont offensée. J'ai l'habitude d'être direct, pas nécessairement diplomate. Tiens, laisse-moi te montrer.

Coral plissa le visage, ne sachant pas trop si elle était prête à me pardonner. Cependant, elle parut quelque peu apaisée par la sincérité dans ma voix. Elle se leva de son bureau où elle semblait avoir commandé du matériel. Je lui fis signe de s'approcher tandis que je me penchais sur la table centrale où se trouvaient la plupart des bâtiments miniatures presque terminés.

— Le papier peint dans ce salon est magnifique. Mais tu peux voir à cet endroit qu'il n'est pas droit. Il faut le refaire, car les décorations murales que tu as placées, en particulier ces tableaux, soulignent vraiment les défauts, lui expliquai-je d'un ton aussi aimable que possible. La taille de ce canapé est parfaitement adaptée à cette pièce. Mais quand on regarde celui qui se trouve de l'autre côté de la cloison, on constate une différence flagrante. Le salon est fait pour héberger un géant, tandis que le bureau semble faire partie de la demeure d'un nain. La consistance est indispensable.

Les épaules de Coral s'affaissèrent.

— Je sais. Ce canapé fait partie de ma longue liste de choses à corriger et à refaire.

Je lui adressai un sourire approbateur.

— Bien. Il existe quelques astuces que je serai ravi de partager avec toi et qui peuvent t'aider à accélérer le processus.

Je désignai ensuite la salle à manger du manoir hanté.

— Cette table est d'un beau design, à une échelle parfaite, et tout à fait appropriée au cadre et à l'époque. Cependant, tout ce que je vois, c'est cette... chaise à la tête de la table.

Je me retins de justesse avant de dire « épouvantable chaise » à la place. Cela aurait complètement anéanti mes efforts de réconciliation.

Je pris la chaise, m'emparai d'une lime à ongles, puis

commençai à poncer l'excès de matériau qui rendait les pieds inégaux, l'un d'entre eux étant légèrement plus épais que les trois autres. Une fois cela fait, je replaçai la chaise dans la maison miniature ouverte, puis jetai un coup d'œil à Coral.

— N'est-ce pas mieux maintenant ? demandai-je d'une voix douce.

Elle fit une grimace, puis acquiesça.

— Ces stupides pattes me donnent toujours du fil à retordre.

— La finition laisse à désirer, mais cela fait une énorme différence, dis-je. Même si c'est mieux, je voudrais quand même vernir toutes les chaises et la table dans une couleur marron plus chaude pour les mettre davantage en valeur.

Je lui fis alors signe de regarder l'étage supérieur de la maison de poupées à trois étages, attirant son attention sur ce qui semblait être la chambre principale. Elle avait créé un joli jeté avec un tissu en feutre doux qui lui donnait un aspect rigide.

— Ce jeté ? C'est une excellente idée, la couleur est magnifique et son emplacement apporte de la vie et de la chaleur à la pièce. Mais le matériau est trop rigide pour paraître naturel. Voici ce que j'aurais fait à la place, expliquai-je en le montrant du doigt.

J'adorais le fait que, même si elle était un peu dépitée que je souligne les défauts, ma Maîtresse ne m'en écoutait pas moins avec une curiosité ouverte d'esprit. Je m'empressai vers le comptoir à gauche de la porte où bon nombre de ses matériaux de bricolage étaient rangés de manière plutôt efficace. Comme j'avais des tendances obsessionnelles compulsives en matière d'ordre et de perfection, cela me plut.

Mais là encore, je dus réprimer mon envie de déplacer l'un de ses récipients à perles de quelques millimètres vers la droite afin qu'il soit espacé de manière uniforme par rapport aux autres.

Je pris une épingle sur un coussin et une pelote de laine au fil de couleur vert forêt assez fin pour la dentelle. La curiosité exacerbée de ma femme comblait mes tendances exhibitionnistes, non pas d'un point de vue sexuel, mais simplement mon besoin éhonté de faire étalage de mes nombreux talents et compétences.

Je posai le fil sur la table d'exposition à côté de la maison de poupées, puis pris l'épingle entre deux doigts, la pointe vers le haut. À l'aide de mon index droit, j'invoquai mon feu. Coral hoqueta lorsque mon doigt prit une teinte rouge vif, avant qu'une flamme ne se mette à danser autour. En appuyant mon doigt sur l'arrière de la pointe acérée de l'épingle, je la pliai pour former un crochet. Je repris ensuite la chaleur résiduelle de l'épingle, la refroidissant instantanément avant d'éteindre mon feu. Ma tâche accomplie, j'agitai ma nouvelle aiguille à crocheter miniature de manière victorieuse devant ma Maîtresse.

L'expression d'émerveillement stupéfait sur son visage flatta mon ego à l'infini. Je me délectai des émotions fascinées et excitées qui tourbillonnaient autour d'elle tandis que je tirais le fil fin de la laine et commençais à crocheter un jeté des plus délicats avec des motifs de dentelle au milieu.

— Tu te fous de moi ? murmura Coral, incrédule, alors que le tissu prenait vie sous ses yeux.

Il ne me fallut que quelques minutes pour terminer ma tâche avant de le poser délicatement sur le lit. Je me retournai vers elle avec un air suffisant. Son regard s'attarda avec admiration sur le jeté avant de se poser sur moi.

— C'est magnifique, dit-elle d'une voix douce, pleine d'admiration et d'une pointe de tristesse qui me déplut grandement. J'aimerais faire des choses comme ça, mais je n'ai ni le temps, ni le talent, ni la concentration nécessaires. Je sais ce que je veux faire et comment je veux le faire. Mais mon esprit stupide vagabonde, se laisse distraire, et je finis par me démener pour essayer d'accomplir mes tâches.

— Ton esprit n'est pas stupide, il est brillamment imaginatif. Ce que tu as créé n'est pas seulement un ensemble de miniatures, c'est une émotion, une aventure, un conte dans lequel les gens voudront se plonger. Tu as juste besoin d'un petit coup de pouce pour atteindre un niveau de qualité à la hauteur de ta vision. Et c'est là que j'interviens.

— Je ne peux pas te forcer à réparer mes erreurs ! s'exclama-t-elle, scandalisée.

Si je n'avais pas perçu son embarras quant au fait qu'elle espérait secrètement que j'accepte de l'aider, j'aurais pu me sentir offensé. Mais cette pauvre femme se sentait vraiment mal à l'idée de m'exploiter. Ma Coral était adorablement ignorante.

— Si, tu le peux, et je n'en exige pas moins, dis-je d'une voix sévère. Je suis ton Lidérc. Réparer les choses et améliorer ta vie est mon seul but. Me refuser cela serait non seulement une insulte, mais aussi carrément cruel.

Elle cligna des yeux, ne sachant pas comment réagir.

— Je ne veux pas faire de toi un esclave, dit-elle prudemment.

Je lui lançai un regard qui signifiait « sérieusement ? ».

— Je suis un Lidérc. Nous avons « besoin » d'être occupés pour nous épanouir. Je pensais que tu te serais déjà renseignée à ce sujet.

— J'ai essayé ! s'exclama-t-elle en jetant les mains en l'air. Il n'existe pas de mot *liderts* ou *lidairts*, peu importe comment on le prononce. Regarde !

Coral retourna vers son ordinateur portable et ouvrit un autre onglet de son navigateur où sa recherche était toujours affichée. Je levai les yeux au ciel en voyant l'orthographe, même si une partie de moi trouvait cela incroyablement mignon.

— En effet. Tu ne le trouveras pas avec cette orthographe. C'est un mot hongrois. Donc, même s'il se prononce *lidertz*, il s'écrit en réalité Lidérc, dis-je d'un ton taquin.

Elle resta bouche bée et me fixa pendant quelques secondes avant de taper le mot avec l'orthographe correcte. Une multitude de résultats apparurent alors à l'écran. Elle marmonna une série de jurons qui me firent rire.

— Maintenant, lis ça, lui ordonnai-je, me montrant plutôt audacieux étant donné que j'étais censé être son serviteur.

Une partie de moi se demandait pourquoi j'étais si franc avec elle. L'ignorance de Coral m'offrait une occasion en or d'abuser de la situation. Et pourtant, pour une raison que je ne pouvais expliquer, je voulais qu'elle comprenne pleinement qui j'étais et ce que j'étais, et qu'elle m'accepte entièrement. Au fil des siècles, j'avais servi d'autres maîtres, mais aucun ne m'avait jamais fait l'effet qu'elle me faisait. Ils avaient été cupides et égoïstes, me considérant comme un bien à utiliser sans aucun égard pour mes propres désirs. Au plus profond de moi, je comprenais que cette femme était différente. En vérité, c'était cette différence qui m'avait attiré et convaincu de sortir de ma coquille.

Coral me jeta un regard hésitant avant de se plier à ma demande. Pendant tout ce temps, je m'imprégnai de chacune de ses émotions, étudiant ses réactions à ce que ces articles révélaient sur mon espèce, y compris nos forces et nos faiblesses.

— Attends. Tu vas t'asseoir sur ma poitrine, m'étouffer et me drainer de ma force vitale pendant que je dors ?! s'exclama-t-elle, horrifiée.

Je gloussai.

— Seulement si tu ne me tiens pas suffisamment occupé ou si tu ne me nourris pas, répondis-je en sourdine.

Elle marmonna quelque chose d'incompréhensible, puis reprit sa lecture.

— C'est quoi cette histoire de pattes de poulet ? demanda-t-elle quelques instants plus tard en lorgnant mes jambes.

Je m'ébrouai.

— Les Lidércs de rangs inférieurs ont une patte de poulet qu'ils ne peuvent cacher, même lorsqu'ils se transforment. Je ne suis pas l'un d'entre eux. Tu as à ton service l'élite parmi nos pairs.

Ce fut à son tour de s'ébrouer devant la manière pompeuse dont j'avais prononcé ces mots.

— Ton égo est sans limite.

— Est-ce de l'égo quand il s'agit simplement d'un constat ? songeai-je à voix haute avec une expression introspective exagérée.

Elle rit à nouveau et secoua la tête comme si j'étais un cas désespéré. Coral finit de lire plusieurs sites différents avant de pivoter sur sa chaise de bureau pour étudier mes traits.

— Tu es donc à moi puisque je t'ai fait éclore. Je dois te donner des tâches à accomplir, sinon tu deviendras fou. Tu dois obéir à tous mes ordres, peu importe ce que tu en penses. Ton objectif principal est de me faciliter la vie et de m'aider à m'enrichir. Tu peux me donner le sexe le plus délirant que j'aurais pu espérer. Et la seule façon pour nous de nous séparer, c'est soit que je meure, soit que je te donne une tâche tellement impossible à accomplir que tu te suicideras en essayant de l'accomplir. Ai-je bien compris tout cela ?

— Oui, répondis-je en hochant la tête.

— C'est complètement dingue ! s'exclama Coral.

— Non, Maîtresse. C'est génial. Tu es sur le point d'avoir tout ce que tu as toujours voulu avec l'aide de ton humble serviteur, tout en profitant d'une expérience sexuelle époustouflante à volonté. Que demander de plus ?

— Eh bien... Vu sous cet angle, concéda-t-elle timidement.

Je posai mes paumes sur les accoudoirs de sa chaise et me penchai en avant de manière séductrice.

— Alors, que disais-tu à propos de te débarrasser de moi ? la provoquai-je.

— Je ne m'en souviens pas, répondit-elle, les yeux rivés sur mes lèvres, tandis que le délicieux parfum de son excitation s'éveillait timidement.

Je ronronnai et me penchai encore plus près, mes lèvres à un cheveu des siennes. Juste au moment où j'allais l'embrasser, Coral posa ses mains sur mon torse et me repoussa.

— Mais je ne vais pas te garder vêtu de la sorte ! rétorqua-t-elle, dans ce que je savais être un dernier effort pour résister à la tentation.

Je jetai un coup d'œil au ridicule tutu qui cachait encore ma pudeur et le rabaissai d'un mouvement brusque, le laissant tomber à mes pieds.

— Alors garde-moi tel que je suis, dévêtu et tout à toi.

CHAPITRE 4
CORAL

D oux Seigneur ! Vazul était la plus grande tentation à laquelle j'avais jamais été confrontée. Chaque fibre de mon être me poussait à profiter pleinement de ce cadeau inattendu venu d'en haut. Enfin, techniquement, c'était plutôt un cadeau venu d'en bas. Mon esprit s'emballa, me donnant toutes les raisons pour lesquelles c'était une mauvaise idée. En même temps, la petite voix perverse qui me reprochait toujours d'être une rabat-joie me criait de profiter de l'instant présent... et du beau membre de ce démon.

J'étais à l'aise avec ma sexualité. Même si je ne couchais pas à droite à gauche, je n'avais aucun scrupule à participer à l'occasion à des ébats consensuels. Vazul était mon propre démon sexuel. L'intimité avec lui serait hors du commun. Alors pourquoi est-ce que je me retenais ? Étant donné que je me fichais complètement de ce que les autres pensaient de moi, pourquoi ne pas m'accorder ce dont j'avais envie ?

Je ne saurais dire si c'était mon expression, mon langage corporel ou sa capacité à lire les émotions qui trahit le moment où je cédai enfin. L'instant d'avant, il me contemplait dans sa nudité glorieuse, et l'instant d'après, ses mains étaient sur mes cuisses, caressant un chemin sous ma jupe rouge courte alors qu'il se penchait pour réclamer mes lèvres.

Ses mains étaient incroyablement chaudes, tout comme sa bouche, mais pas d'une manière désagréable. Cette chaleur m'envahit, me détendant instantanément, tout en faisant bouillir mon sang. Une pulsation sourde s'éveilla entre mes cuisses alors que sa langue taquinait la jointure de ma bouche, demandant à y entrer. Je ne résistai pas, accueillant sa langue envahissante. Son souffle incandescent provoqua un picotement dans ma gorge. Je ne pouvais pas bien décrire cette sensation car j'étais trop occupée à savourer son délicieux goût de pêche et de cannelle alors que nos langues s'entremêlaient.

Ses mains brûlantes se posèrent sur mes fesses et il me souleva. Je haletai contre ses lèvres et enroulai instinctivement mes bras et mes jambes autour de lui. Un frisson me parcourut lorsque je sentis une verge raide pressée contre mon ventre alors qu'il me portait à travers la pièce. À ma grande surprise, il ne m'installa pas sur les coussins confortables du canapé de l'atelier, mais me fit asseoir sur l'accoudoir droit, face à l'extérieur.

Les mains de Vazul étaient partout sur moi, me tripotant, me caressant et m'explorant avec la possessivité d'un conquérant. Je ne m'aperçus même pas quand il détacha les quatre crochets de mon débardeur, qui s'attachait dans le dos comme un soutien-gorge. Le tissu frôla mon ventre lorsqu'il l'enleva et le jeta quelque part derrière lui. Me tenant la nuque d'une main, Vazul interrompit le baiser, ses crocs effleurant doucement la ligne de ma mâchoire, puis suivant la courbe de mon cou. Il lécha mes clavicules, traçant des motifs tourbillonnants du bout de la langue avant de poursuivre son périple jusqu'à mes mamelons douloureux.

Mais juste au moment où il s'apprêtait à refermer sa bouche sur celui de gauche, je me raidis et repoussai ses épaules, une pensée me traversant l'esprit.

— Attends ! Tu ne vas pas me drainer pendant que nous jouons les coquins, n'est-ce pas ? demandai-je.

Mon estomac se noua lorsqu'il ne répondit pas immédiatement non.

— J'ai besoin de me nourrir. L'éclosion demande beaucoup d'énergie, dit-il d'une voix neutre.

— D'accord, mais pas en drainant ma force vitale, n'est-ce pas ? insistai-je.

Mon cœur se brisa lorsqu'il se contenta de me fixer du regard. Je repoussai davantage ses épaules, essayant d'ignorer la douleur sourde entre mes cuisses, le vide qui réclamait à grands cris d'être comblé, et la détestable petite voix dans ma tête qui me disait que ce n'était pas grave de céder juste cette fois-ci. Après tout, Sophia en avait dit autant.

— Je suis désolée, dis-je, fière de moi de ne pas céder de manière téméraire. C'est rédhibitoire pour moi. Je veux dire, tu es incroyablement sexy. Et j'ai vraiment envie de coucher avec toi. Mais pas au prix d'une mort prématurée.

— Ça ne te tuera pas du jour au lendemain, rétorqua-t-il, comme si cela allait de soi.

— Peut-être pas du jour au lendemain, mais ça raccourcira quand même mon espérance de vie. N'est-ce pas ? demandai-je, le mettant au défi de le nier.

Il pinça les lèvres, l'air quelque peu contrarié, avant de hocher la tête avec raideur.

— Oui, en effet.

— Par conséquent, je passe mon tour, dis-je en essayant de le repousser doucement tout en glissant en bas de l'accoudoir du canapé.

Vazul se rapprocha d'un pas, me bloquant le passage, sa main droite se resserrant sur ma nuque tandis que l'autre agrippait ma fesse droite.

— Très bien, je ne te drainerai pas, grogna-t-il, visiblement mécontent.

— Comment savoir si tu ne mens pas pour obtenir ce que tu veux ? le défiai-je, mes yeux oscillant entre les siens.

Il me lança un regard offensé.

— Tu es ma Maîtresse. Je ne peux pas te mentir. Si je dis que je ne te drainerai pas, alors je suis tenu de respecter ma parole.

Je ne saurais dire si j'étais naïve ou si je me laissais simplement influencer parce qu'il disait ce que je voulais entendre, mais je le croyais. Instantanément, un autre type de malaise m'envahit.

— Mais vas-tu mourir de faim si tu ne le fais pas ? demandai-je timidement.

Il secoua la tête, toujours un peu contrarié. Pour une raison stupide, il me faisait penser à un homme qui s'attendait à un repas copieux et qui se voyait servir un sauté de légumes et du riz cuit à la vapeur à la place du gros steak accompagné de pommes de terre dont il avait l'eau à la bouche.

— Non. Je peux survivre à partir des émotions. Elles ne sont pas aussi nourrissantes et ne me rendent pas aussi puissant, mais elles me permettent de subsister.

— Et cela ne draine pas ma force vitale et ne me fera pas mourir plus tôt ? demandai-je, voulant m'assurer qu'il n'y avait pas de malentendu.

— Non, pas du tout. C'est totalement inoffensif pour toi. Cela signifie simplement que je devrai te faire jouir plus fort et plus souvent pour être rassasié, dit-il en haussant les épaules.

Je clignai des yeux.

— Et en quoi est-ce un problème ? N'es-tu pas un démon sexuel ?

Il s'ébroua, son agacement s'estompant tandis qu'une expression des plus lascives envahissait son beau visage.

— Je le suis. Et en ce moment, je suis affamé. Prépare-toi à crier pour moi, Maîtresse.

Sa main posée sur ma nuque remonta pour agripper mes cheveux. Il tira ma tête en arrière avec juste assez de force pour me donner le bon type de pincement tandis que sa bouche s'accrochait à mon mamelon. La chaleur brûlante de ses lèvres suçant mon petit bouton qui durcissait réveilla la pulsation qui avait commencé à s'estomper pendant notre conversation.

Je haletai quand sa main sur mes fesses glissa vers l'avant avec une audace qui me fit chanceler. Il ne tergiversa pas, ne me taquina pas, ne tourna pas autour du pot. Vazul alla droit au but, écartant le tissu fin de ma petite culotte avant de me toucher avec ses doigts. Un frisson violent me parcourut lorsqu'une chaleur anormale commença à se répandre le long de mes parois internes alors que ses doigts s'enfonçaient en moi. Je m'agrippai à ses épaules, la tête renversée en arrière, tandis que des soupirs de plaisir s'échappaient de ma bouche.

Il mordilla mon mamelon, puis apaisa immédiatement la légère douleur en le léchant avant de le sucer à nouveau. Comment diable parvenait-il à me donner l'impression qu'il touchait plutôt mon clitoris ? Sauf que c'était son pouce qui le titillait tandis que deux doigts entraient et sortaient de moi. Il me fallut un moment pour comprendre ce qui provoquait cette étrange sensation sur ma peau, partout où son corps me touchait. Je baissai les yeux vers lui et vis des éclairs de feu apparaître et disparaître sous sa peau. La chaleur qu'ils généraient agissait presque comme la douce caresse du ressac d'une eau chaude.

Un gémissement étouffé m'échappa lorsqu'il effleura à plusieurs reprises mon point sensible en recourbant ses doigts en moi. Un plaisir intense commença à monter au plus profond de moi. Alors qu'il abandonnait mon mamelon gauche pour rendre hommage au droit, je remarquai que ses yeux brillaient. Ce n'était pas la teinte rouge colérique qui m'avait tant effrayée auparavant. Celle-ci avait une teinte bleu argenté rassurante.

Je compris qu'il se nourrissait. En tant que démon « nouveau-né », il devait sans doute être affamé. La petite voix de la raison au fond de mon esprit me murmurait que j'aurais dû paniquer, mais au contraire, un frisson de plaisir me parcourut à cette sensation de danger.

À ma grande consternation, alors que je commençais à chavirer, Vazul retira soudainement ses doigts de moi et baissa ma jupe et ma petite culotte en même temps. La pièce se mit à tourner et je poussai un cri lorsqu'il tira mes vêtements vers le haut, soulevant mes jambes ce faisant. Je tombai à la renverse sur le coussin du canapé, mes fesses toujours soulevées par l'accoudoir. Avant que je ne puisse reprendre mes esprits, la bouche infernale de Vazul se posa sur mon clitoris.

Je cambrai le dos et poussai un cri lorsqu'il se mit immédiatement à me dévorer comme une bête affamée. Agenouillé à côté du canapé, le visage enfoui entre mes cuisses, Vazul posa mes jambes sur ses épaules pendant qu'il se régalait. Mon démon sortit ses griffes et les passa sur mon ventre, le long de mes cuisses et en bas de mes jambes, laissant une traînée brûlante qui me fit frissonner de tout mon corps.

Sa langue qui me pénétrait me rendait folle de plaisir. Je l'avais embrassé. Ma langue avait tournoyé autour de la sienne. Mais ce qui me pénétrait et se retirait de moi à cet instant me semblait incroyablement épais et long. Chaque fois qu'il retirait sa langue, Vazul penchait légèrement la tête en arrière, frottant ainsi mon clitoris d'une manière époustouflante qui envoyait des étincelles électriques dans toute ma région inférieure.

Mon orgasme déferla sur moi, m'arrachant un cri aigu. Mes pieds se mirent à battre l'air de leur propre chef, tandis que de violents spasmes me parcouraient. Alors que le plaisir m'emportait, je sentis Vazul libérer ses cornes de mon étreinte. Sa langue se retira de moi et la pièce se remit à tourner. L'instant d'après, j'étais allongée à plat ventre sur le coussin, les fesses en l'air.

Un claquement suivit un merveilleux pincement sur ma fesse droite. Encore étourdie et planant toujours sous l'effet de mon orgasme, j'accueillis avec plaisir la fessée que Vazul fit pleuvoir sur mes fesses. Chaque coup résonnait directement dans mon clitoris. Mes orteils se recroquevillèrent et ma peau picota. J'avais toujours fantasmé sur une bonne fessée. Mais les quelques partenaires avec lesquels j'avais essayé par le passé avaient soit été trop brutaux, gâchant ainsi l'expérience, soit trop timides, ce qui m'avait complètement déçue. Mais mon démon utilisait la force parfaite pour que je puisse la sentir sans me faire mal.

Je mouillai encore davantage entre mes cuisses. Si j'avais été une femme fontaine, j'aurais éjaculé avec tant de force qu'il serait sans aucun doute complètement trempé à présent. Je venais enfin de redescendre de mon orgasme lorsqu'il se pencha en avant et me donna une bonne morsure dans une fesse, ce qui me fit tressaillir les jambes. Il apaisa la douleur en me léchant et frotta son visage contre mes fesses en grognant presque sauvagement.

— Tu as le plus beau cul qui soit, ma Coral, ronronna-t-il d'une voix grave et grondante, presque menaçante. Je veux te dévorer.

Mon estomac fit un saut périlleux en réponse, puis un deuxième lorsque je me sentis m'envoler vers le haut. Ce ne fut qu'une fois que je me retrouvai la tête en bas, les yeux rivés sur l'entrejambe démoniaque le plus épais qui soit, que je compris ce qui s'était passé. Mes cuisses pendues sur ses épaules, Vazul enfouit à nouveau son visage entre mes cuisses et recommença à me dévorer. Il me tenait d'un bras autour de ma taille. De sa main libre, il alternait entre me donner la fessée et me griffer la peau le long du dos. La sensation de brûlure exquise me donna la chair de poule, tandis que des frissons secouaient mon corps par vagues successives.

Le doux parfum de la gâterie devant mes yeux m'attira. Malgré les sensations intenses que les attentions de mon démon suscitaient en moi, je ne pus m'empêcher de tendre la main vers son membre raide. Il était magnifique, avec deux crêtes spiralées qui rappelaient vaguement une corde épaisse bordant les côtés de son membre d'un motif sinueux. Une série de bosses et de crêtes verticales en éventail ornaient sa partie supérieure. Mes parois internes se contractèrent d'anticipation à l'idée de la sensation que ces crêtes provoqueraient en moi.

Je l'entourai de ma main. Putain, il était énorme ! Et pourtant, même si je craignais de ne pas pouvoir le prendre, une vague de désir explosa dans mon bas-ventre. Je commençai à le caresser, savourant la sensation étrange des nervures contre ma paume. Je le fixai, fascinée, tandis qu'une lueur ardente pulsait entre les plis de son membre, réchauffant ma main au passage.

Je me penchai en avant et léchai timidement le gland, qui ressemblait beaucoup à celui d'un pénis humain. Mes yeux faillirent sortir de leurs orbites lorsque le goût d'un crumble aux pêches chaud explosa sur mes papilles. Avec un gémissement avide, je le happai dans ma bouche, en prenant autant que je pouvais. La façon dont son corps se contracta en réponse suggérait qu'il approuvait. Il n'eut pas besoin d'en dire plus. Je me mis immédiatement à bouger la tête devant lui, ma langue tourbillonnant autour de son membre inhabituel, savourant à la fois son goût merveilleux et la sensation de l'avoir dans ma bouche.

Jamais, au grand jamais, je n'aurais cru quelqu'un qui m'aurait dit que je participerais à un soixante-neuf avec mon partenaire debout, me tenant la tête en bas. Le fait qu'il le fasse si facilement en disait long sur sa force. Mais cela révélait également à quel point je lui faisais implicitement confiance pour ne pas me laisser tomber dans le feu de l'action. Ayant toujours été raisonnable et rationnelle, aucun de mes comportements actuels n'avait de sens. Et pourtant, alors que j'approchais une fois de plus du seuil de la félicité, je ne m'étais jamais sentie aussi en sécurité avec un amant qu'avec mon Lidérc.

Le mouvement de ma bouche sur lui devint irrégulier alors que le plaisir m'envahissait rapidement. Vazul m'acheva en mordillant soudainement mon clitoris. Je criai, sa queue encore à moitié dans ma bouche, alors que je jouissais. Au loin, j'entendis vaguement mon démon émettre un grognement sauvage, son étreinte se resserrant presque douloureusement autour de moi, comme s'il luttait pour ne pas céder à son propre plaisir.

Faisant preuve de la même force et du même contrôle insensés, Vazul me releva alors que je tremblais encore, emportée par l'extase. Mon dos pressé contre son torse, il replia mes jambes contre ma poitrine, me gardant tordue comme un bretzel, incapable de faire autre chose que me soumettre à tout ce qui lui plaisait. Comme je surfais encore sur les vagues du bonheur, il n'aurait rencontré aucune résistance de ma part.

Tout comme il l'avait fait lorsqu'il m'avait tenue à l'envers dans cette position folle, Vazul me tenait contre sa poitrine d'un seul bras. De sa main libre, il frottait mon clitoris, prolongeant mon orgasme encore un peu jusqu'à ce que je revienne lentement à la réalité. Puis je sentis son gland épais sonder mon ouverture. Une pointe de peur me traversa à l'idée que je ne serais peut-être pas capable de le prendre. Effectivement, mes parois internes résistèrent à son intrusion. La sensation brûlante de ses doigts massant mon petit bouton me distrayait de l'inconfort alors qu'il s'enfonçait progressivement en moi par de légers coups de reins.

Et puis mon corps céda.

Un gémissement étouffé vibra dans ma gorge alors qu'il me remplissait à ras bord. Il resta immobile quelques instants pour me laisser m'habituer à sa circonférence. Ses doigts sur mon clitoris, ses lèvres sur ma nuque et les stries ardentes sous sa peau qui me procuraient des caresses sous forme de vagues brûlantes m'engloutirent dans le tourbillon le plus délicieux de sensations.

Bientôt, mes parois internes se contractèrent autour de son membre de leur propre chef, donnant le feu vert à mon amant démoniaque. Ce message fut apparemment transmis haut et fort, car Vazul se mit immédiatement à se mouvoir en moi. Mes yeux se révulsèrent instantanément. Mon cerveau ne parvenait pas à gérer la sensation renversante de ses crêtes caressant mes parois internes et frappant mon point G avec une précision mortelle à chaque mouvement, que ce soit en entrant ou en sortant.

En un rien de temps, Vazul me pilonnait, me détruisant avec un plaisir trop intense pour être supportable. Ses doigts sur mon clitoris me propulsèrent vers la ligne d'arrivée à une vitesse record. Mon orgasme me frappa avec une telle violence que je ne pus émettre le moindre son. Ma bouche s'ouvrit en un O silencieux et mon corps se raidit avant de s'affaisser.

— Tu es à moi, Maîtresse. Tu es entièrement à moi ! siffla Vazul d'un ton menaçant.

Je ne pouvais pas répondre, car mon esprit flottait dans un endroit indistinct entre la conscience et le néant, tandis que l'énorme queue de mon démon continuait à me démolir. Une lumière éclatante à la périphérie de mon champ de vision indiquait qu'il se nourrissait du tsunami d'extase qui jaillissait de moi, alors même qu'il embrassait et mordillait la peau fiévreuse de mon cou et de mes épaules.

Ce n'était pas pour rien qu'on appelait « la petite mort » l'état d'euphorie et de quasi-perte de conscience associée à l'orgasme. En ce moment précis, je me sentais réellement au bord de la mort la plus exquise alors que mon amant démoniaque me ravageait.

Vazul rugit soudainement. Il enfonça profondément son membre et la chaleur brûlante de sa semence jaillit en moi, me réduisant en cendres. Une lumière aveuglante explosa devant mes yeux tandis qu'une douleur vive me transperçait le cou, suivie d'un bonheur liquide. Mon cerveau comprit que mon Lidérc avait enfoncé ses crocs en moi, mais mon orgasme ultime m'emporta. Je criai et m'abandonnai à l'extase alors même qu'un voile d'obscurité me plongeait dans l'oubli.

U ne heure après la partie de jambes en l'air la plus insolite de ma vie, mes parties intimes chantaient encore. Vazul se pavanait comme un paon, ce qui me donnait envie de lui donner une taloche derrière la tête. Et pourtant, il avait toutes les raisons d'être aussi arrogant et suffisant. Mon démon sexuel savait comment baiser.

Mais est-il toujours aussi acrobatique ?

J'avais toujours voulu essayer des positions plus insolites, mais je ne m'étais jamais sentie assez en sécurité avec personne. Mon Lidérc s'était lancé à fond dans l'aventure. Et je ne pouvais pas m'en plaindre. Même si j'avais aussi envie de choses plus traditionnelles, et surtout de câlins après l'acte, j'étais impatiente de voir ce qu'il me réservait d'autre.

Cependant, le garage m'avait finalement appelée pour m'informer que ma voiture était prête. Leur service de chauffeur était en route pour venir me chercher afin que je puisse la récupérer. Cela me semblait étrange de laisser Vazul ici tout seul, non pas que je craignais qu'il fasse quoi que ce soit de louche.

— Cesse de t'inquiéter autant, Maîtresse. Je m'occuperai de tes miniatures pendant ton absence, dit-il en m'attirant dans ses bras.

Contrairement à moi, Vazul était resté nu après notre petite joute. Sentir son membre se durcir à nouveau n'aidait certainement pas. Son sourire en coin indiquait qu'il savait à quel point son corps contre le mien m'affectait.

Connard.

— Tu n'as pas besoin de m'appeler Maîtresse. Tu n'es pas mon esclave. Coral me convient très bien, grommelai-je.

Il me fixa avec une étrange lueur dans les yeux, mêlée à ce qui semblait être une pointe de rébellion. Je le fusillai du regard lorsqu'il sourit mais ne répondit pas. Je soupçonnais qu'il me faudrait un certain temps pour le faire changer d'avis sur ce point.

— Je vais m'absenter un moment, le prévins-je en essayant de rester concentrée. Je dois faire un détour par le centre commercial pour t'acheter des vêtements.

Il acquiesça.

— Très bien. J'ai beaucoup à faire ici pour m'occuper pendant ton absence.

— Ne te surmène pas, lui dis-je, incapable de lutter contre la culpabilité qui m'envahissait systématiquement chaque fois que je pensais à tout le travail qu'il faisait pour moi.

Son regard peu impressionné me fit grimacer à nouveau. Je ne savais pas si je parviendrais un jour à accepter l'idée que quelqu'un puisse réellement avoir envie de faire des corvées ou tout autre type de travail manuel.

— Très bien. Sache que je n'achèterai pas trop de choses aujourd'hui. Je vais juste te prendre le strict nécessaire. Demain, nous pourrons y retourner ensemble afin que tu puisses choisir des vêtements plus à ton goût pour compléter ta garde-robe.

— Très bien, dit-il avec un sourire.

La sonnette me fit sursauter.

— Il est là ! Je ferais mieux d'y aller.

Je me libérai de son étreinte, m'emparai de mon sac à main et me précipitai hors de l'atelier. Alors que j'entrais dans le couloir principal menant à l'entrée, une boule de feu familière fila devant moi dans un étrange effet de déjà-vu. Vazul s'arrêta devant la porte et reprit sa forme démoniaque. Les poings sur les hanches, le membre toujours en érection, il me lança un regard désapprobateur.

— Où est mon baiser d'au revoir ? exigea-t-il.

Je m'ébrouai.

— Tu n'en as pas déjà eu assez ?

— De ta part ? Jamais, répondit-il d'un ton qui ne souffrait aucune discussion.

Et vlan ! Explosion des ovaires. Oui, j'adorais me sentir désirée et appréciée. Je ne savais pas si le fait d'être un démon sexuel le poussait automatiquement à agir ainsi, ou s'il se sentait obligé de se montrer affectueux envers moi. Mais à ce moment précis, je m'en fichais. Ses réactions à mon égard semblaient sincères, et j'aimais la façon dont il me faisait me sentir.

— Très bien, espèce de tyran, dis-je d'un ton taquin en réduisant la distance entre nous.

Il m'attira contre lui et réclama ma bouche avec une possessivité qui me fit friser les orteils et mettre mes parties féminines au garde-à-vous. Putain, comment pouvait-il me rendre aussi excitée aussi rapidement ? Ma chatte était encore à vif après la chevauchée la plus sauvage qu'elle ait jamais connue. Et pourtant, j'en voulais encore plus alors que sa langue diabolique pillait ma bouche.

Sa main glissa sur mon postérieur, serrant fermement ma fesse droite tout en me pressant contre son pelvis. Mon démon adorait mon derrière. Je ne pouvais pas le lui reprocher. De tous mes attributs physiques, je ne pouvais pas nier que mon popotin était vraiment superbe.

La sonnette retentit à nouveau, me faisant pousser un cri contre ses lèvres. Je m'éloignai de lui tandis qu'il gloussait d'un air suffisant. Je le fusillai du regard et lui donnai une chiquenaude sur le pénis en guise de punition. Il haleta et me fixa d'un air étrange, à mi-chemin entre le choc, l'indignation et l'amusement.

— À plus tard. Et sois un bon garçon pendant mon absence, dis-je d'une voix chantante avant de me précipiter hors de la maison, son rire sexy me poursuivant.

Je pris ma voiture et me rendis directement au centre commercial. Pendant tout le trajet, je commençai à tout remettre en question. Mais qu'est-ce que je faisais ? Comment avais-je pu passer en une seule journée du ramassage des affaires laissées par mon ex-colocataire à me faire labourer la chatte par un démon ?

Je ne sais absolument rien de lui.

Certes, tout ce que j'avais lu en ligne après qu'il eût corrigé mon orthographe correspondait à ce que Sophia m'avait dit. Franchement, qu'elle eût déclaré que je serais folle de ne pas le garder avait joué un rôle majeur dans le fait que j'avais baissé ma garde. Mais cela ne me ressemblait toujours pas. Le sexe était plus que génial. Après ça, je ne pouvais pas m'imaginer me contenter de quelqu'un d'autre. Il n'y aurait aucune comparaison possible. Mais était-il en train de me vider de mon énergie ? Il avait juré qu'il ne le ferait pas, et je n'avais rien ressenti indiquant qu'il l'avait fait. Cependant, était-ce quelque chose que l'on pouvait réellement percevoir ?

Qu'est-ce que cela signifiait pour l'avenir ? Si je rencontrais un jour un homme avec qui je voudrais me caser, il n'accepterait jamais que j'aie un amant démoniaque – même si je ne voudrais jamais tromper mon partenaire. Et je soupçonnais fortement que Vazul ne serait pas disposé à me partager non plus. Je ne comprenais pas vraiment pourquoi cela le dérangerait. Après tout, en tant que démon sexuel, il serait probablement prêt à baiser tout ce qui bouge. Et pourtant, au plus profond de moi, je croyais sincèrement qu'il incinérerait tout mâle qui viendrait renifler dans ma direction.

C'est la façon dont il a dit que j'étais à lui.

Cette pensée me donna à réfléchir. Juste avant de jouir en moi, il m'avait effectivement réclamée avec une possessivité qui ne laissait aucune place à l'interprétation. Même s'il disait m'appartenir en tant que serviteur loyal, mon instinct me disait qu'il revendiquait également un droit de propriété sur moi.

Quel genre de détraquée suis-je pour que cela me fasse plaisir ?

Oui, avec mon démon dans les parages, je n'aurais pas d'autre petit ami. Quoi qu'il en soit, d'après ce que j'avais lu – et ce qu'il avait confirmé – la seule façon pour nous de nous séparer était que l'un de nous meure. J'étais donc coincée avec lui, et lui avec moi. Je pouvais imaginer des situations pires que celle-là.

Mais cela signifiait aussi que je devais lui obtenir des papiers légaux. Comme le monde occulte continuait d'évoluer en secret, j'allais devoir demander l'aide du Conseil des Sorcières pour régler ces formalités administratives.

Une fois de plus, je me reprochai de ne pas m'être consacrée plus sérieusement à la magie. Je ne savais rien des démons invoqués. Comme je n'avais jamais été avide de pouvoir, je ne m'étais intéressée qu'aux sorts mineurs pratiques, comme le sort de force que j'avais utilisé plus tôt dans la matinée. Officiellement, je n'appartenais à aucun cercle de sorcières, ce qui me rendait plutôt vulnérable et me privait de certaines ressources dont bénéficiaient les personnes plus sérieusement impliquées.

L'arrivée de Vazul dans ma vie allait m'obliger à faire un certain nombre de changements. Plus important encore, je devais vraiment m'asseoir avec lui et clarifier notre relation future. Un petit ami démon ne me dérangeait pas, mais je ne voulais pas d'un esclave. Il m'avait appelée « Maîtresse » à plusieurs reprises, ce qui me mettait mal à l'aise. Nous allions trouver un moyen de répondre à son besoin d'accomplir des tâches sans pour autant faire de lui un serviteur.

Comme si les choses continuaient à s'améliorer, je trouvai rapidement une place de stationnement près de la porte et me dépêchai d'entrer. Ayant déjà prévu les magasins où je m'arrêterais, je me dirigeai directement vers le magasin principal de mode masculine et pris l'essentiel. J'aurais dû lui demander s'il avait des préférences particulières. Certes, je ne choisissais que des sous-vêtements, des chaussettes, deux pantalons et des t-shirts, mais je ne savais même pas s'il avait une prédilection pour certaines couleurs. Comme sa forme humaine était également beaucoup plus imposante que sa forme de démon, je me concentrai sur l'achat d'articles pour la première. Je soupçonnais que Vazul ne s'embêterait pas avec trop de vêtements à la maison sous sa forme naturelle.

Après avoir choisi une paire de chaussures, me reprochant une fois de plus de ne pas avoir pris les bonnes mesures, je me dirigeai vers les caisses. Je venais de récupérer ma carte de crédit auprès de la caissière et la rangeais dans mon portefeuille lorsqu'une voix familière résonna derrière moi.

— Quelle surprise de te voir ici ! dit Angélique, avec cette voix sensuelle agaçante qu'elle utilisait toujours, pensant que cela la rendait séduisante.

Je gémis intérieurement en me retournant vers elle. Je n'étais pas prête à avoir cette confrontation si tôt, alors que j'essayais encore de démêler mes propres sentiments à l'égard de mon démon. Elle jeta un coup d'œil aux deux sacs lourds tandis que la caissière plaçait la dernière chemise dans celui de gauche.

La lueur spéculative qui s'alluma dans ses yeux et la façon dont elle les rétrécit légèrement présageaient des ennuis.

— J'en connais une qui fait tout plein d'emplettes, dit Angélique d'une voix faussement enthousiaste. Et en plus, des vêtements pour hommes ! Que se passe-t-il ? Tu as des nouvelles à partager ?

Je luttai contre l'envie de me tortiller, me demandant ce qu'elle savait exactement. Je doutais que Sophia ait vendu la mèche sans mon consentement. Comme personne d'autre ne pouvait être au courant, je ne pouvais qu'espérer qu'elle était également dans l'ignorance et qu'elle ne se souvenait pas avoir laissé son œuf dans l'appartement.

— Salut Angélique, dis-je poliment. Je croyais que tu étais hors de la ville.

Elle fit un geste vague de la main.

— C'était le cas. Mais j'ai dû revenir plus tôt pour traiter une grosse commande. Tu sais à quel point les clients fortunés peuvent être impatients.

— Je vois. Alors pourquoi n'es-tu pas passée à l'appartement pour récupérer tes affaires ? demandai-je, tiquant intérieurement d'avoir abordé le sujet précis que je voulais éviter pour l'instant. Ma misérable bouche allait causer ma perte. Mais je voulais vraiment la remettre à sa place.

Elle afficha une expression faussement choquée avant de presser la paume sur sa poitrine et de me regarder d'un air navré.

— Oh mince ! Je suis vraiment désolée. Ça m'est complètement sorti de l'esprit. J'avais tellement de choses à faire.

— J'imagine. Eh bien, j'ai sorti tes affaires pour éviter que Mme Hopkins ne nous facture des frais de nettoyage.

— Oh, tu es toujours si gentille ! s'exclama-t-elle avec cette condescendance qui me donnait toujours envie de griffer son joli visage et de lui crever ses yeux bleus. Je te remercie. Si cela ne te dérange pas de les garder quelques jours, je m'arrangerai pour qu'on vienne les chercher chez toi.

— Bien sûr, pas de problème.

Je pris le reçu de la caissière, le jetai dans l'un des sacs, les ramassai et me préparai à partir.

— Tu ne m'as pas dit à qui étaient destinés ces vêtements, dit Angélique d'un ton faussement amical, même si je ne loupai pas la lueur plus dure dans ses yeux qui sous-entendait que je n'irais nulle part tant que je n'aurais pas répondu à ses questions.

— C'est pour mon petit ami, répondis-je en haussant les épaules.

Ses yeux s'écarquillèrent d'une véritable stupeur.

— Un petit ami ? Je ne savais pas que tu fréquentais quelqu'un. Qui est-ce ?

— Personne que tu connaisses, répondis-je de manière évasive.

— Tu serais surprise, insista-t-elle.

— Je t'assure que ce n'est personne que tu connais, répondis-je en redressant légèrement le menton dans un geste subtil de défi.

La colère passa si vite sur son joli visage que la plupart des gens ne l'auraient pas remarquée. Mais après avoir partagé un appartement avec elle pendant un an, j'avais appris à reconnaître tous les signes avant-coureurs d'un problème. Elle rejeta ses longs cheveux blond platine par-dessus son épaule et me lança un regard cupide et spéculatif.

Angie adorait voler les petits amis des autres. Chaque fois qu'une femme de notre cercle « d'amies » manifestait de l'intérêt pour un homme, Angie s'empressait toujours de le séduire avant elle. Elle n'avait aucun intérêt pour une relation à long terme avec aucun d'entre eux. Elle aimait seulement se vanter que toutes les autres se contentaient de ses restes.

— Eh bien, cette lacune doit être comblée. Je dois rencontrer l'homme qui a enfin réussi à conquérir le cœur de notre insaisissable petite Coral ! dit-elle avec un sourire mielleux. Assure-toi de l'amener à ma fête dans deux jours.

— Ta fête ? demandai-je, perplexe.

— Oh ! Ai-je oublié de te le dire ? demanda-t-elle avec cette même fausse innocence qui me donnait la nausée. J'organise une fête avant le salon dans mon penthouse ce jeudi.

— Wow ! Alors oui, tu as complètement oublié de m'inviter, dis-je d'un ton neutre, sans aucune surprise.

Bêtement, cela me blessait de ne pas avoir été invitée, même si en réalité je ne l'aimais pas beaucoup, ni la plupart de ses amis proches. Il y avait de fortes chances que j'aurais trouvé une excuse pour ne pas y aller. Mais c'était une question de principe. Je détestais me sentir exclue ou indésirable, même par quelqu'un comme elle. J'avais sérieusement besoin de me guérir de mon besoin de plaire à tout le monde et d'appartenir au groupe.

— Oh, désolée ! Mais tu dois venir. Je te préparerai ton cocktail préféré en guise d'excuses et de geste de bonne volonté.

Désolée, mon cul.

— Je ne peux pas te le promettre, répondis-je sur le même ton faussement navré. J'ai encore beaucoup de préparatifs à faire pour le salon.

— J'insiste, rétorqua-t-elle d'un ton qui ne souffrait aucune discussion. Ce serait inconvenant que tu sois la seule à ne pas être présente. Je pourrais penser que tu me punis pour avoir accidentellement oublié de t'envoyer une invitation, ajouta-t-elle avec une moue exaspérante que la plupart des gens trouveraient irrésistiblement mignonne.

— Je ferai de mon mieux, dis-je avec un sourire crispé.

— Veille à le faire, répondit-elle avec un large sourire pour adoucir la rudesse de son exigence. Tata !

Je jurai intérieurement en la regardant s'éloigner d'un pas assuré, son cul se balançant de manière exagérée afin d'attirer tous les regards masculins, ce qu'elle réussit brillamment. Mais comment aurait-il pu en être autrement ?

Aussi odieuse que fût Angie, Dame Nature avait été très généreuse avec elle. Elle était grande et sculpturale. Ses longs cheveux platine lui tombaient jusqu'aux fesses. Ce n'était pas sa couleur naturelle, mais on ne pouvait pas le deviner, et elle ne l'aurait jamais admis. Sa taille de guêpe aurait fait baver d'envie n'importe qui. Sa poitrine généreuse était tout simplement parfaite, assez volumineuse pour attirer l'attention, mais pas au point de déséquilibrer sa silhouette ou de tomber dans l'excès. Je soupçonnais fortement qu'un ou deux scalpels avaient contribué à ce résultat. Si mes fesses n'avaient rien à envier aux siennes, ses jambes étaient quant à elles tout à fait remarquables.

Étant donné qu'elle mesurait 1,78 m, je ne comprenais pas pourquoi elle aimait porter des talons aiguilles vertigineux. Certes, cela rendait ses longues jambes encore plus infinies et sexy. Mais je soupçonnais que c'était juste une autre façon pour elle de dominer les autres.

Poussant un soupir, je tournai les talons et retournai à ma voiture. Si seulement j'étais arrivée dix minutes plus tôt ou plus tard, j'aurais évité cette sorcière. La seule raison pour laquelle elle m'avait invitée était pour tester mon petit ami et voir si elle pouvait le séduire avant de le rejeter.

Je n'irai tout simplement pas.

Mais je chassai cette pensée dès qu'elle me vint à l'esprit. Je ne pouvais pas l'éviter éternellement. Comme Vazul allait probablement rester dans les parages pendant longtemps, leur rencontre était inévitable. La question était de savoir ce que j'allais révéler lorsque cela allait se produire.

Quoi qu'il en soit, j'avais deux jours pour y réfléchir.

CHAPITRE 5

VAZUL

J e bombai le torse tandis que Coral s'extasiait devant mon travail. Au cours des deux derniers jours, j'avais corrigé avec diligence les nombreuses imperfections de ses créations. La plupart étaient mineures, mais mon côté obsessionnel compulsif ne pouvait tout simplement pas laisser passer cela. Quoi qu'il en soit, le résultat final en valait largement la peine.

Ce qui me perturbait, c'était la culpabilité constante qu'elle ressentait à me faire travailler autant et son désir de trouver des moyens de me récompenser et de me remercier. Mes anciens maîtres avaient toujours exploité tout ce que j'avais à offrir. Le manque d'exigence de Coral me perturbait. Ce qui m'agaçait, c'était la fréquence à laquelle elle essayait de me convaincre de me reposer. Elle avait encore du mal à comprendre que le repos m'ennuyait à mourir. Ce n'était pas une récompense, mais une punition. Et pourtant, son attention à mon égard était à la fois rafraîchissante et attachante.

Je ne vais pas la drainer.

Qui aurait cru que le jour viendrait où je rencontrerais une Maîtresse que je voudrais garder pour toujours ? Et je voulais vraiment la garder. Même si j'avais promis de ne pas la drainer, j'aurais pu utiliser l'un des nombreux stratagèmes pour le faire quand même. En fait, j'y avais pensé dès le premier jour et je l'aurais probablement fait si elle avait été une Maîtresse infâme. Quand il s'agissait de contourner les règles et de trouver des failles, les créatures des ténèbres comme moi excellaient à trouver les brèches et à s'y faufiler. Dans ce cas précis, Coral m'avait fait promettre de ne pas la drainer pendant nos moments intimes. Elle n'avait jamais mentionné d'autres moments. Cela les rendait donc acceptables.

Mais ma petite humaine me plaisait sincèrement. Ses émotions avaient un goût divin. J'aimais la façon dont elle me choyait, tenait compte de mes souhaits et de mes besoins, et le fait qu'elle possède une âme si douce et innocente. Le plus surprenant, c'était à quel point nos ébats sexuels étaient extraordinaires. En tant que Lidérc, j'offrais toujours à mes partenaires une expérience inoubliable. C'était mon devoir. Je m'attendais rarement à recevoir quelque chose en retour et c'était rarement le cas. Avec elle, c'était différent. Elle donnait tout ce qu'elle pouvait, s'assurant que mes besoins soient satisfaits à tous les niveaux, que ce soit sexuellement ou autrement.

La virée au centre commercial hier avait été assez divertissante. J'étais habitué à ce que mes maîtres me dictent simplement ce que je devais porter et comment je devais me comporter. La plupart du temps, ils exigeaient que je m'habille de manière provocante afin qu'ils puissent profiter de la vue ou m'exhiber devant leurs amis. Jusqu'à présent, cela ne m'avait jamais dérangé, car c'était la norme. Mais avec elle, je découvrais quelque chose de nouveau.

Mes sentiments comptaient. Je comptais. Mes désirs comptaient.

Et surtout, elle m'apprenait ce que c'était que d'être traité avec respect, gentillesse et générosité désintéressée. Elle dépensait sans compter pour moi, au point que je dus lui demander d'arrêter. Ce qui rendait cela si incroyable, c'était le fait qu'elle ne le faisait pas pour acheter ma loyauté ou ma gratitude. Coral voulait que je sois heureux. Ses émotions montraient clairement que sa seule préoccupation était de s'assurer que tous mes besoins étaient satisfaits et que je ne me retenais pas par timidité ou par culpabilité de la faire dépenser pour moi.

Je me moquais bien de savoir combien d'argent elle dépensait. En tant que son Lidérc, mon devoir était de m'assurer qu'elle récupère tout et augmente considérablement sa fortune grâce à mes services.

Alors que nous parcourions le centre commercial, de nombreuses têtes se tournèrent pour admirer la forme humaine que j'avais prise. C'était un homme extrêmement beau et musclé, donc les réactions des gens n'étaient pas surprenantes. La fierté qui émanait d'elle me fit un effet étrange. Au début, je m'étais demandé si elle serait offensée par le fait que tant de gens salivent devant son homme. Mais il devint rapidement évident qu'elle aimait que j'attire autant les regards et surtout que je les ignore tous, concentrant mon attention sur elle à la place.

Cette pauvre femme ne comprenait pas que personne ne pourrait jamais me prendre à elle, même si je le voulais – ce qui n'était absolument pas le cas.

Était-ce stupide de ma part de détester que le monde entier croie que ma femme appartenait à cet humain plutôt qu'à moi ? J'avais envie de me promener sous ma forme démoniaque et de crier sur tous les toits qu'elle était mienne et que j'étais sien. Au moins, Coral me permettait volontiers de rester sous ma véritable forme à la maison. Plus important encore, elle ne m'avait jamais demandé ni même souhaité que je prenne une apparence humaine ou un visage différent du mien pendant nos moments intimes.

La plupart du temps, mes maîtres exigeaient que je reste sous la forme humaine qu'ils avaient choisie pour moi. Après tout, ils ne voulaient pas de moi, Vazul. Ils voulaient juste l'incarnation du fantasme qu'ils avaient en tête. Cela m'aurait fait profondément souffrir si ma Coral s'était mise soudainement à agir de cette façon.

De toute évidence, je devais me faire une raison. Tant que nous vivrions dans le monde des mortels, je ne pourrais jamais montrer mon vrai visage à ses côtés en public, sauf peut-être pendant la Toussaint. La question qui me tourmentait était de savoir si cela allait durer. J'aimais ses émotions joyeuses et la façon dont elle réagissait à mon égard. L'idée qu'elle puisse se lasser de moi et vouloir passer à autre chose était dévastatrice. Nous venions à peine de nous rencontrer, mais j'étais déjà accro.

Et ce soir serait le véritable test.

J'avais un mauvais pressentiment au sujet de la fête d'Angie. Voir ma femme s'agiter et stresser pendant deux jours depuis qu'elle avait reçu l'invitation m'amusait et m'agaçait à la fois. Évidemment, Angélique voudrait s'approprier de moi – qui ne l'aurait pas voulu ? Mais c'était bien dommage pour elle. Ma pauvre Maîtresse avait encore du mal à comprendre qu'elle me possédait entièrement, non seulement grâce à notre lien magique, mais aussi parce que j'avais choisi de demeurer sien.

Peu importe. Tout deviendrait clair bien assez tôt.

Alors que nous nous installions dans sa voiture – moi sur le siège passager – j'attachai ma ceinture de sécurité en faisant la moue. Coral me lança un regard perplexe lorsque je croisai les bras sur ma poitrine et fixai droit devant moi. J'étais ridicule, mais je ne pouvais m'empêcher d'être contrarié.

— Qu'est-ce qui ne va pas ? demanda Coral avec précaution.

— Je suis ton Lidérc. C'est moi qui devrais te conduire à ta destination pendant que tu profites de la vue, et non l'inverse. Je déteste me sentir inutile, grommelai-je.

Elle me dévisagea bouche bée pendant une seconde avant d'éclater de rire. Le fait qu'elle trouve ma réaction ridicule, même si sa réponse était justifiée, m'irrita encore plus. Pourtant, les émotions amusées et légèrement tendres qui émanaient d'elle m'apaisèrent. J'adorais ses émotions plus douces.

— Vazul, tu es tellement adorable, dit-elle doucement. Tu n'es pas inutile. Tu me tiens compagnie et tu vas me soutenir moralement pendant une soirée à laquelle je n'ai vraiment pas envie d'assister. De toute façon, tu ne peux pas conduire tant que nous n'avons pas réglé tes papiers. Mais ne t'inquiète pas, bientôt, ce sera toi qui te plaindras du nombre de kilomètres que je te fais parcourir.

— Ce ne sera jamais trop, rétorquai-je fermement en reniflant d'un air hautain.

Elle rit à nouveau et démarra. Il nous fallut vingt minutes pour arriver à destination, un complexe immobilier chic situé près du centre-ville. Pendant le trajet, Coral me donna un aperçu des personnes qui seraient présentes et des choses à surveiller. Sa nervosité à l'égard d'Angélique était presque palpable. J'avais honte d'admettre que sa peur de me perdre me flattait énormément.

Nous entrâmes dans le bâtiment et nous dirigeâmes vers les ascenseurs. Il monta rapidement jusqu'à l'un des penthouses. Plus nous nous approchions de notre destination, plus ma Maîtresse devenait agitée. Cela me dérangeait énormément. Au début, j'avais égoïstement supposé que tout cela était dû à son appréhension quant à la réaction d'Angie à mon égard. Mais je finis par comprendre que c'était tout le cercle qui la mettait mal à l'aise. Elle ne voulait pas être avec ces gens.

Alors pourquoi sommes-nous venus ici ?

Je faillis suggérer que nous partions, mais je gardai le silence. Au final, il fallait régler la situation avec Angie. Retarder les choses ne nous apporterait rien de bon. Et je ne tolérerais pas que les délicieuses émotions de ma Coral soient gâchées par ce genre de stress.

Une intense sensation de déjà-vu m'envahit dès que la porte s'ouvrit devant nous. Tant de fois auparavant, dans des époques bien plus anciennes, j'avais assisté à ce genre de rassemblement. C'était toujours la même chose. La plupart des invités possédaient des niveaux de magie variables et seuls quelques-uns étaient des profanes, des mondains ou des normaux — comme on appelait souvent les personnes qui n'utilisaient pas la magie.

Je ne comprenais pas pourquoi ces gens se réunissaient. La moitié d'entre eux ne s'appréciaient pas — pour ne pas dire qu'ils se méprisaient — et n'hésitaient pas à se marcher dessus pour arriver à leurs fins. La plupart nourrissaient une certaine jalousie ou envie, cachée derrière des sourires mielleux et des compliments à double sens. Ils étaient pleinement conscients que derrière ces fausses amitiés, ils s'utilisaient les uns les autres soit comme des tremplins pour accroître leur pouvoir, soit comme des souffre-douleur pour se sentir supérieurs. Pas étonnant que ma Coral ne veuille pas faire partie de tout cela. Son âme était trop douce et trop pure pour ces chacals.

Pour être honnête, les invités n'étaient pas tous malveillants. En fait, Sophia s'avéra être plutôt agréable. Comme les autres, elle ne fréquentait ce groupe que pour accroître son pouvoir. Mais elle le faisait en gagnant tout à la sueur de son front, plutôt qu'en essayant de profiter des autres. Elle comprenait qu'on ne pouvait pas progresser dans ce domaine en s'isolant, comme le faisait ma Maîtresse. Sophia excellait simplement dans l'art de naviguer en toute sécurité dans une mer infestée de requins.

Évidemment, je savais que les pouvoirs magiques de Coral étaient assez rudimentaires. Mais maintenant, en la voyant entourée de ses pairs, je réalisais qu'elle n'était qu'une novice, un bébé parmi des mages redoutables. Cela réveilla tous mes instincts protecteurs. Peu importe la puissance de ces mages, aucun d'entre eux ne pouvait se comparer à moi. Quiconque tenterait de s'en prendre à ma Maîtresse le regretterait amèrement.

— Coral, te voilà ! s'écria une femme séduisante avec un

enthousiasme démesuré en se frayant un chemin à travers la foule pour se diriger vers nous.

Un simple coup d'œil me suffit pour reconnaître Angélique. Ses longs cheveux argentés ne laissaient aucun doute. Sa robe noire moulante, qui lui arrivait aux chevilles, ne laissait que peu de place à l'imagination. Son décolleté plongeant était suffisamment profond pour donner le vertige à la personne la plus endurcie. Et pourtant, elle réussissait à la rendre élégante plutôt que vulgaire. La façon dont elle marchait sur ces talons aiguilles vertigineux défiait la gravité. Le rouge à lèvres rouge sang sur ses lèvres généreuses remplissait certainement son rôle en attirant l'attention sur son visage.

Tous les hommes présents ne pouvaient s'empêcher de lui lancer des regards concupiscents, même ceux dont les émotions affirmaient qu'ils la détestaient, voire la haïssaient.

— Et quel magnifique spécimen de virilité tu nous as amené ce soir, continua Angie en pressant sa main contre sa poitrine.

La même couleur rouge sang sur ses ongles manucurés agissait d'une manière similaire à celle de ses lèvres, mais cette fois-ci en attirant les regards vagabonds vers sa poitrine plantureuse.

— Pas étonnant que tu nous l'aies caché. À ta place, j'aurais fait exactement la même chose.

Elle ajouta cette dernière phrase tout en m'examinant de manière peu subtile.

— Bonjour, Angélique, répondit Coral avec une amabilité appropriée, même si toutes les émotions qui émanaient d'elle exprimaient plutôt son envie de l'envoyer paître. Merci pour l'invitation. Voici mon petit ami, Vazul Droog. Vazul, je te présente notre hôtesse, Angélique Delaney.

Droog n'était pas mon nom de famille. Les Lidércs – comme la plupart des êtres infernaux d'ailleurs – n'en avaient pas. Mais dans le monde des mortels, nous prenions souvent un nom qui représentait le cercle dont nous étions issus, notre race ou notre classification. Dans mon cas, c'était une anagramme du mot hongrois *Ördög*, qui signifiait « démon ».

Même si je savais qu'elle avait l'intention de me présenter ainsi, le fait que Coral me revendique comme son petit ami plutôt que comme son serviteur me fit un effet incroyable. La manière peu subtile dont elle souligna la nature de notre relation me fit presque bander. J'adorais qu'elle me réclame publiquement. J'avais envie de me frapper la poitrine et de le crier sur tous les toits. Au lieu de cela, je glissai un bras possessif autour de ma femme, la serrai contre moi et posai ma paume juste à côté de son délicieux postérieur.

Putain, maintenant j'ai envie de le mordiller à nouveau !

— Bonjour, Mme Delaney, dis-je de ma voix la plus courtoise.

Même si nous ne nous étions jamais rencontrés, je reconnaissais le goût désagréable de ses émotions. Je me souvenais trop bien du temps qu'elle avait consacré à essayer de me faire éclore. Sa cupidité, son impatience, sa colère et sa malveillance avaient été accablantes. Elle avait acquis mon œuf avec des objectifs très précis en tête. Mon incapacité à éclore dans les délais qu'elle avait fixés l'avait rendue furieuse, car cela avait fait dérailler les plans lucratifs qu'elle avait mis en place. Une fois qu'elle aurait compris qui j'étais, elle allait piquer une crise.

Et j'avais hâte de voir ça.

— Oh, je t'en prie, appelle-moi Angélique, ou mieux encore, Angie ! s'exclama-t-elle avec une expression presque offensée. Mme Delaney est ma mère. Je suis beaucoup trop jeune et célibataire pour être appelée ainsi dans un cadre intime, et surtout entre amis. J'espère donc que tu me permettras de t'appeler Vazul. C'est un nom si charmant et inhabituel.

Je répondis par un sourire crispé et inclinai la tête en signe de concession. Même si elle ne pouvait rien reprocher à ma réponse, cette femme perspicace comprit immédiatement que ses charmes n'avaient aucun effet sur moi. La colère instantanée qui s'éveilla en elle me réjouit au plus haut point.

Et nous ne faisons que commencer.

— Mais entrez, continua-t-elle en montrant l'intérieur de l'impressionnant penthouse.

À mon grand agacement, elle saisit l'occasion pour toucher mon bras nu, le caressant sans vergogne tout en faisant semblant de me pousser vers l'avant. Je m'éloignai de son contact d'une manière qui n'était pas carrément impolie, mais qui ne laissait aucun doute sur le fait que je n'appréciais pas ce contact.

Elle s'humecta les lèvres, réfléchissant à la manière dont elle allait me faire céder. Loin de l'offenser, ma réaction ne fit que la rendre encore plus déterminée à obtenir ce qu'elle voulait. Pour Angélique, ma résistance n'était pas sincère. Cette damnée femelle croyait que je jouais simplement les difficiles et que je défiais ouvertement ce à quoi elle estimait avoir droit.

J'étais impatient de briser un peu plus son moral à chacune de ses tentatives irrespectueuses.

— Chers amis, voici le très beau Vazul, qui nous fait l'honneur de sa présence. Veillez à lui réserver un accueil chaleureux ! s'écria Angélique à l'intention de tous les invités.

Comme des animaux de compagnie bien dressés, la plupart d'entre eux s'approchèrent de nous, saluant poliment Coral avant de m'accorder une attention excessive. Dire que j'avais envie de leur fracasser le crâne à tous serait un euphémisme.

La seule chose qui rendait la situation supportable était le soulagement de ma Maîtresse de ne plus attirer autant les regards. La culpabilité qu'elle ressentait à mon égard du fait que je subissais le poids de toute cette attention non réciproque aurait pu poser problème. Mais elle céda rapidement la place à un plaisir presque malicieux alors qu'elle me regardait repousser toutes les avances trop aguicheuses des autres invités. C'était suffisamment évident pour être reconnu comme tel, mais pas assez flagrant pour pouvoir les dénoncer ouvertement.

Quelques instants après que j'eusse enfin fini d'être présenté à tous les convives, Angie invita tout le monde à la suivre dans son atelier pour une présentation exclusive de sa collection. Je fronçai les sourcils lorsque Coral se raidit instantanément. Pourquoi était-elle si inquiète ? Je ne savais pas ce qu'Angie avait pu concocter, mais la collection de ma Maîtresse était absolument exceptionnelle. Une fois que j'aurais fini de peaufiner ce qu'elle avait déjà assemblé, il serait très difficile de rivaliser.

Avec un geste théâtral, notre hôtesse ouvrit grand les doubles portes situées à l'autre bout du penthouse. De concert, la foule se mit en mouvement. Nous suivîmes, restant un peu en retrait tandis que je prenais la mesure de notre environnement.

L'endroit était impeccable, d'une manière très clinique et calculée. Tout était dans des tons de bleu foncé, noir, bordeaux profond, avec quelques touches d'argent. Cette dernière couleur me surprit. Je m'attendais plutôt à de l'or. L'équilibre astucieux entre tant de couleurs sombres, les plafonds blancs et le mobilier beaucoup plus clair empêchait l'endroit d'être lugubre. Les innombrables immenses fenêtres rendaient également l'endroit plus lumineux. Pendant la journée, cela devait être magnifique. Et le soir n'était pas en reste, car il offrait une vue imprenable sur la ville illuminée.

Cependant, cet endroit manquait d'âme. Le mobilier moderne aux angles droits et aux surfaces polies n'invitait pas à s'asseoir et à se détendre. On avait constamment l'impression de devoir faire attention à ne rien casser, comme dans une salle d'exposition. On aurait pu se croire dans l'un de ces magazines de décoration intérieure. Il y avait de fortes chances que ce soit précisément de là que venait l'ensemble du design.

À l'opposé, la maison de ma Coral arborait des tons chauds et naturels, avec beaucoup de beige, de crème et quelques touches de couleur qui la rendaient accueillante. Mais surtout, sa décoration avait de la personnalité et en disait long sur elle. Qu'il s'agisse d'un masque original accroché au mur, d'une sculpture exotique sur son étagère ou de divers ouvrages allant de la comédie délirante à des encyclopédies très sérieuses, en passant par des romans policiers et même des bandes dessinées, tout révélait l'une des nombreuses facettes fascinantes de sa personnalité.

Dès que nous entrâmes dans l'atelier, l'odeur nauséabonde de la magie des diablotins me frappa les narines. Je ne pus m'empêcher de m'ébrouer en m'approchant de cette collection plutôt impressionnante. Coral me regarda avec curiosité et un manque d'assurance absurde. Cette pauvre femme pensait que ma réaction était due au fait que j'étais ébloui par la collection de sa rivale, alors qu'Angélique n'était clairement pas à la hauteur.

Je lui adressai un sourire rassurant teinté de suffisance qui la fit écarquiller les yeux de surprise. Elle ne savait pas quelles pensées me traversaient l'esprit, mais la façon dont ses épaules se détendirent indiquait qu'elle comprenait au moins que mes pensées étaient positives à son égard. J'avais hâte de remonter dans la voiture et de lui expliquer pourquoi elle pouvait se féliciter.

La collection était aussi bien exécutée que dépourvue d'imagination. Alors que ma Coral avait créé sa propre histoire d'un fantôme semant le chaos dans la ville victorienne, Angie s'était rabattue sur un classique sans risque. Sa collection tournait autour de l'histoire de Dracula. Chaque bâtiment et chaque scène extérieure représentait des moments clés du récit. Même si elle disposait également d'une variété d'objets miniatures indépendants, elle n'avait pas de meubles avec des inserts miniatures intégrés.

Je doutais fortement que quelqu'un d'autre l'ait fait, à part peut-être certains inserts pour bibliothèque.

Je ne pouvais pas reprocher à Angie de ne pas posséder le talent de conteuse de ma femme, mais c'était le fait qu'elle n'avait pas réalisé le travail elle-même qui m'irritait. Possédait-elle seulement des compétences manuelles ? Car elle n'avait clairement pas fait ce travail. Je pouvais presque voir la magie résiduelle qui avait tissé ces objets pour leur donner vie. Ma Coral avait fait tout le travail elle-même, et je m'étais contenté de le peaufiner. Certes, aucune règle n'obligeait les exposants à faire eux-mêmes tout le travail manuel, mais cela soulignait à quel point ma femme était une miniaturiste supérieure.

Je peinai à ne pas lever les yeux au ciel tandis qu'Angélique se pavanait et jubilait sous les compliments que les gens lui adressaient. Nous la félicitâmes également avec politesse pour sa collection. Ce n'était même pas un mensonge, dans la mesure où elle était effectivement très correcte. Elle n'était simplement pas à la hauteur du travail de ma femme – non pas que j'étais partial de quelque manière que ce soit.

Mais alors que nous retournions dans le salon, les autres invités semblaient constamment avoir une raison d'essayer d'attirer Coral pour discuter de quelque chose en privé. Sans doute par pure coïncidence, Angie se trouvait toujours à proximité et venait me parler. L'éviter devint un défi des plus exaspérants.

À un moment donné, lorsque Myrtil, la Grande Prêtresse du cercle de sorcières d'Angélique, demanda à parler à ma femme, je faillis disjoncter. Cette fois-ci, elle ne se contenta pas de l'emmener à quelques pas, hors de portée de voix. Myrtil traîna carrément Coral sur l'immense terrasse et referma les portes vitrées derrière elles.

Je n'avais même pas besoin de regarder pour sentir notre hôtesse foncer sur moi par derrière. Les émotions joyeuses et prédatrices qui émanaient d'elle criaient haut et fort ses intentions. Faisant semblant de ne pas remarquer son approche, je me dirigeai vers le bar où se trouvaient toutes les boissons pour me servir un verre et un deuxième pour ma Maîtresse. Avant même que je puisse m'emparer d'un verre, Angie me heurta, faisant semblant d'avoir perdu l'équilibre.

— Oh mon Dieu ! Je suis désolée ! s'exclama-t-elle en s'accrochant à moi comme si sa vie en dépendait. On se serait attendus à ce que je sois moins maladroite avec ces talons. Après tout, j'ai participé à de nombreux défilés de mode avec des talons encore plus hauts que ceux-ci.

Elle ajouta ce dernier commentaire en se redressant et en levant la jambe pour me montrer. Naturellement, c'était la jambe du côté de la fente incroyablement haute de sa jupe. Le tissu soyeux de sa robe noire glissa sur le côté, dévoilant la peau impeccable de sa cuisse mince jusqu'à ses pieds.

— Tu devrais peut-être enfiler quelque chose de moins difficile à porter, lui dis-je d'une voix neutre tout en écartant doucement mais fermement ses mains de moi.

— Et gâcher ma tenue ? demanda-t-elle, les yeux écarquillés, feignant l'innocence et la surprise. Impossible. Ces chaussures sont parfaites avec cette tenue, ajouta-t-elle en passant ses mains sur ses hanches dans une caresse qui soulignait les courbes de son corps.

— Alors fais plus attention. Ce serait dommage de te tordre la cheville juste avant une exposition importante, répondis-je avec un sourire froid.

— Ce serait effectivement dommage, dit-elle, essayant de cacher son irritation face à mon attitude distante. Comment se fait-il que je ne t'aie jamais rencontré auparavant ? Je me targue de connaître toutes les personnalités remarquables et influentes de cette ville. Comment se fait-il qu'on ne se soit jamais croisés auparavant ? Un homme aussi beau ferait beaucoup parler de lui parmi la gent féminine. Comment Coral a-t-elle réussi à te piquer sous notre nez à tous ?

— Coral ne m'a pas piqué. C'est moi qui l'ai piquée. Dès que je l'ai remarquée, j'ai su qu'elle devait être mienne, et que je devais être sien. Je suis donc allé vers elle et j'ai refusé d'accepter son refus jusqu'à ce qu'elle m'honore en me réclamant comme sien, dis-je avec un sourire, les yeux rivés aux siens.

Elle grimaça comme si elle avait mordu dans quelque chose d'amer, avant de rapidement se ressaisir.

— Wow. Je ne m'attendais pas à ça.

— Vraiment ? rétorquai-je en haussant un sourcil inter-rogateur.

— Eh bien oui. Coral est une jeune femme très gentille et charmante. Mais elle est tellement réservée et casanière que je m'attendais à ce qu'un homme comme toi soit davantage attiré par des femmes plus fougueuses et plus affirmées, avides de sensations fortes, dit-elle en posant sa main sur la table et en se penchant légèrement en avant, me donnant ainsi une meilleure vue sur sa poitrine.

À sa grande consternation, je ne jetai pas un coup d'œil sur son décolleté, mais ne détournai pas mon regard du sien.

— Premièrement, être réservée et trouver son épanouisse-ment dans un foyer que l'on aime ne rend pas quelqu'un ennuyeux ou faible. As-tu déjà entendu parler de la force tran-quille ? Il n'est pas nécessaire d'être exubérant pour être influent. En fait, ce sont les personnes effacées dont il faut toujours se méfier. On ne sait jamais quels secrets elles cachent et quelle est la force de leur jeu jusqu'à ce qu'elles décident enfin de dévoiler leurs cartes. Ne sous-estime pas ma femme.

Elle poussa un soupir.

— Bien que je sois d'accord en principe avec ce que tu dis, tu ne sais peut-être pas que j'ai partagé un appartement avec Coral pendant un an. C'est une fille adorable, prévisible et complètement transparente. Elle n'a aucun secret redoutable. Nous le saurions...

— On peut être marié à quelqu'un pendant vingt ans et se rendre compte qu'on ne l'a jamais vraiment connu. Ne présume pas connaître Coral, répondis-je d'un ton désinvolte. Ce qui m'amène au deuxième point. Nous venons à peine de nous rencontrer, et pourtant tu penses savoir quel genre d'homme je suis. Et qu'est-ce que c'est exactement ?

La façon dont elle se redressa à cette question indiquait qu'elle attendait cette occasion pour lancer son attaque.

— Je n'ai pas besoin de te connaître depuis longtemps pour comprendre que tu es un alpha dominant, dit Angélique d'une voix ronronnante. Tu es fort, un meneur d'hommes. Ta simple présence impose le respect. Ton corps impressionnant respire la discipline et le dévouement. On ne devient pas aussi mince et musclé sans avoir une routine saine et régulière. La façon dont tu te présentes, tes vêtements, ta coiffure, le parfum subtil mais séduisant de ton eau de Cologne, tout cela respire l'élégance, le raffinement et un goût impeccable. Et sous cette apparence délicieuse se cache un lion prêt à dévorer sa proie. Et je peux t'assurer que toute proie que tu auras choisie sera un sacrifice consentant.

Elle ajouta cette dernière phrase en se penchant vers moi, les lèvres entrouvertes comme pour m'inviter à l'embrasser.

Je la fixai pendant une seconde, laissant la tension monter en même temps que ses attentes ridicules. Puis je m'ébrouai et secouai la tête en la dévisageant avec incrédulité. Elle se raidit, choquée et offensée par ma réaction.

— C'est un point de vue très intéressant. Je veux croire que les gens me considèrent effectivement comme un leader, même si je ne me soucie pas particulièrement de l'approbation des autres. Quant à mon corps, je suis en fait ce qu'on pourrait appeler un fainéant en matière d'entraînement physique. Il se trouve simplement que j'ai un métabolisme exceptionnel. Et en ce qui concerne mon sens de la mode, tu devrais plutôt féliciter ma femme, car c'est elle qui a choisi toutes ces tenues pour moi, dis-je en montrant mon corps d'un geste moqueur. Elle a toujours un goût impeccable en tout.

— Oh, arrête de faire le modeste, rétorqua-t-elle d'un ton légèrement irrité. Pourquoi te contenter de si peu alors que tu peux avoir tellement plus ? Un homme comme toi peut avoir n'importe quoi et n'importe qui il désire.

Cette fois, mon regard se durcit.

— Je ne fais pas le modeste. Et franchement, tes paroles

seraient flatteuses si tu n'étais pas aussi irrespectueuse envers ma femme en ce moment.

— Arrête de l'appeler *ta femme* ! siffla-t-elle. Tu mérites bien mieux que cette petite fille insipide. Laisse-moi t'aider à voir la raison.

À ma grande surprise, elle agita la main et murmura une incantation d'une voix si basse que la plupart des humains ne l'auraient pas entendue ou l'auraient prise pour un simple soupir. Mais cette misérable femme m'avait jeté un sort d'amour. Sûre que je ne pourrais pas résister, Angie se pencha en avant et caressa mon biceps, dénudé par la chemise à manches courtes que je portais. Elle avait manifestement l'intention de presser sa poitrine contre la mienne et peut-être même de m'enlacer, mais cette idiote s'était attaquée à la mauvaise personne.

D'une simple pensée, j'allumai le feu sous la peau de mon bras. Les vrilles ardentes en forme d'éclair s'embrasèrent à l'un des niveaux de chaleur intense que j'utilisais normalement pour me défendre au combat. Angie poussa immédiatement un cri et retira sa main de moi en titubant de quelques pas en arrière. Tenant le poignet de sa main blessée, elle la regarda avec horreur. Une marque rouge vif gonflait déjà au milieu de sa paume. Angie me jeta un regard où le choc, la confusion et une pointe de peur se succédèrent rapidement sur son visage.

— Je t'en prie, pauvre folle. Tes sorts de luxure pathétiques ne fonctionnent pas sur quelqu'un comme moi. Tu devrais avoir honte d'essayer de voler le partenaire de quelqu'un dont tu prétends être l'amie. Et tu devrais avoir encore plus honte d'essayer de contraindre quelqu'un à des ébats non consensuels. Je doute que le Conseil des Sorcières approuve cela.

Elle pâlit et recula d'un pas tout en serrant sa main blessée contre sa poitrine.

— Qu'est-ce que tu es ? murmura-t-elle, la peur et la confusion perceptibles dans sa voix.

Je la fixai silencieusement pendant un moment, puis posai le verre que j'avais initialement pris sans me donner la peine de le remplir, avant de m'éloigner. Elle récita immédiatement une incantation. Cela ne représentait aucune menace pour moi. Mais cela signifiait aussi que le jeu était fini.

— Oh, mon Dieu ! Tu es un Lidérc ! s'exclama-t-elle.

Quelques personnes nous observaient. Elles n'avaient pas compris ce qu'elle avait dit grâce à la musique d'ambiance qui nous procurait un semblant d'intimité, et au fait que tout le monde s'était opportunément tenu hors de portée de voix dès que leur chère hôtesse m'avait acculé. Un seul regard noir d'Angie suffit à leur faire détourner les yeux.

Je m'arrêtai et me retournai vers elle. Elle me dévisageait avec incrédulité, son esprit luttant pour accepter cette réalité impossible.

— Comment Coral a-t-elle réussi à... ?

La voix d'Angélique s'estompa alors que son cerveau finissait par comprendre. À ce moment-là, je réalisai qu'elle avait réellement oublié qu'elle avait laissé mon œuf traîner, abandonné dans son ancien appartement.

— Oh, mon Dieu ! Tu es à moi ! Cette salope t'a volé à moi ! siffla-t-elle, la colère déformant ses traits d'une manière plutôt peu attrayante.

— Fais attention à la façon dont tu parles de ma femme, l'avertis-je en avançant d'un pas menaçant. Coral ne t'a rien volé.

— Tu viens de mon œuf, grogna-t-elle en se frappant la poitrine de sa main valide. J'ai payé une fortune pour t'acquérir !

— Et puis tu as jeté l'œuf. Tu l'as abandonné dans ton ancien appartement, et il aurait fini à la poubelle si ma femme ne l'avait pas récupéré. Tu n'as donc aucun droit. Posséder un œuf ne signifie rien. C'est celui qui le fait éclore qui détient tous les droits.

— Et c'était moi ! s'écria-t-elle avec colère, en avançant d'un pas. Pendant trois mois, je t'ai incubé. C'est moi qui ai fait tout le travail.

Je haussai les épaules.

— Manifestement, tu t'y es mal prise. Ça ne prend pas autant de temps pour faire éclore l'un d'entre nous.

— Que tu aies raison ou tort, tu n'en restes pas moins à moi, dit-elle avec un geste dédaigneux avant de me lancer un regard perplexe. Et puis, pourquoi la veux-tu ? C'est la sorcière la plus nulle que j'aie jamais rencontrée, si tant est qu'on puisse l'appeler ainsi. Elle est ennuyeuse et probablement d'une banalité affligeante au lit. Elle va te brider avec ses manières rigides, guindées et trop convenables. Tu vas supplier qu'on te libère d'elle avant la fin de la semaine.

L'expression de mon visage dut lui faire comprendre qu'elle ferait mieux de faire attention, car je ne tolérerais pas qu'elle continue de manquer de respect à ma Maîtresse. Changeant de tactique, elle abandonna toute attitude colérique ou agressive et redevint la séductrice aguicheuse qui m'avait initialement accueilli.

— Je peux t'offrir la vie de luxe sans fin dont tu rêves. Avec moi, aucun penchant, aucune forme de débauche ne seront interdits. Il n'y aura aucune restriction alimentaire, contrairement à ce que Coral t'impose, j'en suis sûre. Nous savons tous les deux qu'elle t'empêchera d'explorer ta sensualité avec quelqu'un d'autre. Alors que moi, je partagerai volontiers tout ce que tu as à offrir avec d'autres. Mes amis se feront un plaisir de donner une partie de leur force vitale pour te nourrir et te soutenir dans le cadre des rituels sexuels les plus puissants. Que pourrait vouloir de plus un démon sexuel ? Tu n'as qu'à demander, et ce sera à toi. Tout ce que tu as à faire, c'est de revenir vers ta propriétaire légitime.

Je secouai la tête d'un air ennuyé.

— Tout cela aurait pu séduire quelqu'un d'autre, mais cela ne m'intéresse absolument pas. Ne gaspille pas ton temps – et surtout pas le mien – à discuter avec moi. Ce que tu peux m'offrir n'a aucune importance. J'appartiens à Coral, pour toujours. Maintenant, si tu veux bien m'excuser, j'aimerais passer la soirée avec ma femme.

Je me retournai et partis.

— Nous verrons bien, siffla Angélique derrière mon dos dans un murmure furieux.

La rage meurtrière qui émanait d'elle montrait clairement qu'elle pensait chaque mot. Cette femme allait chercher à nous rendre la vie impossible. Mais elle allait bientôt découvrir que je n'étais pas du genre à me laisser manipuler. Quoi qu'elle nous réserve, je serais prêt. Et ensuite, je lui ferais regretter le jour où elle avait tenté de s'en prendre à ma Maîtresse.

CHAPITRE 6
CORAL

Après que Myrtil m'eût monopolisée pendant près d'une demi-heure, j'aurais pu pleurer de soulagement lorsque Vazul s'immisça dans notre conversation et exprima son désir de partir. Je ne lui demandai même pas pourquoi et sautai sur l'occasion pour m'enfuir de là.

J'avais honte d'admettre que pendant tout ce temps, j'avais eu peur de le perdre ce soir. Tout le monde multipliait les moyens de m'éloigner de lui, et il ne fallait pas être un génie pour comprendre qu'ils jouaient les complices d'Angie. Je ne comprenais pas cette loyauté aveugle, d'autant plus que beaucoup d'entre eux ne l'aimaient pas.

Sophia dut intervenir à plusieurs reprises, se mêlant à la conversation pour me libérer d'un disciple particulièrement collant qui m'empêchait d'approcher mon homme. Je l'aimais pour cela. Même si j'aurais voulu qu'elle en fasse plus, mon amie marchait sur des œufs. En tant que membre du cercle d'Angélique, Sophia devait faire preuve de prudence afin de ne pas trop s'exposer dans ses efforts pour m'aider, de peur de devenir elle-même une paria. Même si nous nous entendions très bien et nous appréciions sincèrement, nous n'étions pas assez proches pour qu'elle mette en péril l'avenir pour lequel elle avait travaillé si dur afin de me protéger. De toute façon, je ne voulais pas cela pour elle non plus. J'étais simplement reconnaissante pour toute l'aide que je pouvais obtenir.

Cependant, le plus grand choc vint de Myrtil. En tant que Grande Prêtresse de leur cercle, elle aurait dû donner l'exemple au lieu d'encourager l'une de ses sorcières qui tentait de nuire ou de causer du tort à une autre. Certes, je n'étais pas officiellement membre de leur cercle. Mais j'étais tout de même « amie » avec chacun d'entre eux. Après tout, la seule raison pour laquelle je n'avais pas rejoint leurs rangs était mon manque d'assiduité dans ma formation. La porte m'était ouverte si j'atteignais les niveaux requis. Mais même dans ce cas, ne serait-ce que pour des raisons éthiques, Myrtil n'aurait pas dû se permettre de devenir complice.

Le plus exaspérant, c'était que je ne pouvais même pas l'accuser ouvertement de comploter avec Angie contre moi. La conversation avait été similaire à celles que nous avions eues dans le passé au sujet de mon manque d'engagement dans ma formation magique. Selon elle, je possédais un grand potentiel que je laissais gaspiller.

Et elle avait raison. La magie me venait facilement. Avec un peu de concentration et un entraînement régulier, je croyais sincèrement pouvoir surpasser Angélique. Cependant, je ne me voyais pas interagir régulièrement avec ce groupe. Je ne faisais confiance à aucun d'entre eux. Les avoir comme mentors me semblait donc un peu suicidaire. Je n'aurais pas été surprise que certains d'entre eux me causent un véritable préjudice par jalousie, sous le couvert de farces ou de bizutage.

Pendant que je nous ramenais à la maison, je jetai des coups d'œil inquiets à Vazul. Il était assis en silence, le regard fixe, le pli à peine visible sur son front indiquant qu'il réfléchissait intensément à quelque chose. Incapable de supporter plus longtemps le silence, je pris une profonde inspiration et me lançai.

— Je suis désolée pour ce que mes amis t'ont fait subir, dis-je d'un ton contrit.

Il me jeta un regard en coin, son expression laissant entendre que je venais de dire quelque chose de ridicule.

— Ne le sois pas. Tu n'es pas responsable de leurs actes. Et ne les appelle pas tes amis. Aucun d'entre eux ne l'est, à l'exception de Sophia, dit-il d'un ton neutre.

Je tiquai. Je comprenais maintenant que Vazul parlait parfois sans le vouloir d'une manière qui pouvait paraître cruelle et insensible. C'était comparable à quelqu'un qui laissait parfois échapper quelque chose qu'il n'aurait pas dû dire et s'en voulait immédiatement après. Cependant, mon démon ne s'en voulait pas, car il ne voyait pas en quoi ses paroles étaient blessantes. Il était simplement honnête et exposait des faits, pas des opinions.

Cela me blessait profondément, simplement parce que je savais que c'était vrai. Mais la partie de moi qui cherchait à plaire aux autres continuait à s'accrocher à l'espoir que, d'une manière ou d'une autre, ils finiraient par reconnaître ma valeur en tant que personne et en tant qu'amie.

— Pourquoi fréquentes-tu ces gens ? demanda-t-il d'un ton doux, avec une curiosité et une confusion sincères.

Je me tortillai nerveusement sur le siège conducteur et pris un moment pour réfléchir à ma réponse.

— Je ne fréquente plus vraiment aucun d'entre eux, sauf Sophia de temps en temps. Angie et moi avons suivi le même programme de beaux-arts à l'université. Je me concentrais sur la sculpture et le travail du bois, tandis qu'elle se concentrait sur la peinture. Mais nous participions toutes les deux à des ateliers d'art miniature. C'est comme ça que nous avons commencé à discuter.

Il hocha la tête avec une expression peu impressionnée qui me surprit au début.

— Je vois. Et laisse-moi deviner, la plupart de ces conversations tournaient autour des idées qu'elle te piquait ?

Même s'il la formula sous forme de question, ce fut plutôt une affirmation. Je m'ébrouai, impressionnée par sa perspicacité. Ou était-ce sa capacité à lire dans les pensées des gens ?

— Il m'a fallu trop de temps pour comprendre qu'elle cherchait en fait à pêcher des idées qu'elle pourrait s'approprier. Malheureusement, j'ai lutté toute ma vie contre une tendance assez pathétique à vouloir plaire aux autres, concédai-je avec autodérision. Mais être approchée par la fille populaire flattait mon ego. Il s'est avéré qu'elle et sa colocataire cherchaient une troisième personne pour remplacer celle qui venait de partir. Partager un appartement me permettrait d'économiser encore plus d'argent pour l'acompte de ma maison et pour lancer ma propre entreprise. Alors oui, j'ai sauté sur l'occasion.

— Comme c'est pratique, répondit-il.

— Je dirais plutôt que c'était prévisible. Ce n'est qu'après avoir emménagé que j'ai réalisé à quel point il était insupportable de vivre avec elle. Mais c'est aussi comme ça que j'ai rencontré Sophia. Elle et moi avons tout de suite cliqué. Même si nous avons des personnalités très différentes. Elle est comme du Téflon, alors que je suis comme un paillasson. Elle arrive, fait ce qu'elle a à faire, quelle que soit la toxicité et le caractère désagréable de la situation, puis s'en va sans encombre. Je reste coincée avec la saleté de tout le monde qui s'incruste dans chaque fibre de mon être.

— Tu n'es pas un paillasson, dit-il sévèrement. Tu es empathique. Et les gens en profitent. Nous devons simplement travailler à établir et à faire respecter tes limites. Mais n'aie pas peur. Tu m'as maintenant pour te le rappeler et t'aider jusqu'à ce que tu exprimes la force intérieure que je vois clairement en toi.

Ma poitrine se réchauffa pour mon démon. Si je n'avais pas été au volant à ce moment-là, je lui aurais donné une étreinte à lui briser les os.

— Tu me donnes le tournis, marmonnai-je pour cacher mon embarras.

— Le tournis ? demanda Vazul, légèrement confus.

— Tu peux parfois être tellement odieux avec ta brutalité directe. Et puis, tu te retournes et dis quelque chose d'incroyablement gentil.

Il me lança un regard étrange avant de hausser les épaules.

— Dans tous les cas, je ne fais que dire la vérité telle que je la vois. C'est toi qui interprètes mal mes intentions en me trouvant odieux. Quelles que soient mes actions ou mes paroles, sache que lorsqu'il s'agit de toi, elles ne sont jamais motivées par la malveillance ou la cruauté. J'existe pour améliorer ta vie et te permettre de t'épanouir.

— Comme je l'ai dit, le tournis... répétai-je, tout en fondant de l'intérieur.

Il s'ébroua.

— Bref, c'est Sophia qui m'a initiée à la magie. Je ne savais même pas que ça existait, poursuivis-je. Angie m'a invitée à partager leur appartement uniquement parce qu'elle sentait mon talent latent. Cela lui permettait aussi d'avoir plus facilement accès à mes idées afin de se les approprier.

— Évidemment, répondit-il d'une voix pleine de sarcasme. Mais elle a l'air plutôt riche. Pourquoi avait-elle besoin de colocataires ?

— Parce que nous avions un appartement chic sur le campus. Malheureusement pour elle, celui-ci nécessitait trois personnes. Une fois leur ancienne colocataire partie, elles avaient besoin d'une remplaçante, sinon elles auraient dû abandonner l'appartement et se rabattre sur un logement moins confortable. Il est beaucoup plus pratique de vivre sur le campus que d'affronter chaque jour les embouteillages cauchemardesques.

— Alors je me réjouis que tu aies dû supporter ça assez longtemps pour me faire éclore, dit-il d'un ton taquin.

Je m'ébrouai et lui donnai un petit coup de coude. Mais cela me faisait toujours chaud au cœur quand il parlait ainsi.

— Je suppose que ce n'était pas si mal après tout, malgré l'expérience pénible que cela avait été, acquiesçai-je.

— Alors pourquoi ne fais-tu pas partie de leur cercle ? demanda-t-il, sincèrement intrigué.

— Honnêtement, j'y ai pensé. En fait, j'ai vraiment aimé découvrir tout ce que je pouvais faire avec ça. La magie, c'est vraiment cool. La camaraderie d'un cercle m'attirait aussi, car je me sentais souvent comme le mouton noir qui ne trouvait sa place dans aucun groupe en particulier. Même Myrtil, la Grande Prêtresse, disait que j'avais beaucoup de potentiel. Mais tout ce groupe me met mal à l'aise.

— Bien sûr, répondit-il d'un ton évident. Ils ont des valeurs, une morale et des ambitions très différentes. Tu es un mouton parmi les loups avec eux.

Cela me fit mal. Même si je comprenais qu'il ne voulait pas être désobligeant, cela me fit quand même me sentir inférieure, comme la personne facile à manipuler que j'avais trop souvent tendance à être.

— Tu dois me trouver ennuyeuse en comparaison, dis-je, me maudissant immédiatement mentalement d'avoir l'air si pathétique et en manque d'affection.

— Ne sois pas bête, dit-il en fronçant les sourcils. Si tu n'étais pas en train de nous conduire – ce que je devrais faire – je te mettrais sur mes genoux et te donnerais une bonne fessée. Et pas du genre agréable. Tout en toi a meilleur goût et est plus plaisant que ces requins. Arrête de te comparer à des gens qui te sont inférieurs à tous les égards qui comptent. Leur magie ne signifie rien. Avec un entraînement adéquat, tu les surpasseras de loin. Mais aucun effort, ni même aucune thérapie, ne les rendra émotionnellement aussi merveilleux que toi. Je suis heureux que tu m'aies fait éclore à la place d'elle. Je ne voudrais jamais appartenir à l'un d'entre eux alors que je t'appartiens avec joie.

Eh oui, mes ovaires explosèrent à nouveau. Ce fut un miracle que je ne me sois pas écrasée contre un mur ou que je n'aie pas grillé un feu rouge, tant j'étais occupée à planer sous l'effet de ses mots doux.

— Tu vois ! Les émotions que tu ressens actuellement ont un goût divin. Arrête de gâcher mes collations avec des sentiments irrationnels et infondés, grommela-t-il.

Un sourire idiot se dessina sur mes lèvres tandis que je le regardais avec ravissement.

— Alors continue à être aussi gentil avec moi, et je continuerai à ressentir des émotions qui te plaisent, répondis-je du tac au tac.

— Défi accepté, dit-il d'un ton légèrement menaçant qui me fit frissonner de plaisir.

Inutile de dire qu'à peine arrivés à la maison, je le remerciai comme il se doit, de la manière la plus coquine qui soit.

L e lendemain matin, j'examinais ma table basse standard qui constituait la pièce maîtresse de ma collection. J'avais passé un temps fou à construire cette table en bois finement sculptée, en laissant l'intérieur creux afin de pouvoir y intégrer un laboratoire d'alchimiste. Cependant, j'avais également construit un autre insert miniature afin que les gens puissent voir les innombrables possibilités de personnalisation. Et j'étais tombée follement amoureuse de l'option représentant une rue victorienne hantée.

Le résultat dépassait toutes mes attentes, surtout après que Vazul eût exercé sa magie en polissant les éléments que je n'avais pas réalisés aussi parfaitement qu'ils auraient pu l'être, ou en remplaçant certains matériaux pour rehausser le réalisme.

Je venais de terminer l'installation des éléments électriques de la maquette. Cela permettait aux fenêtres de s'allumer automatiquement la nuit. La minuterie comprenait également un générateur aléatoire afin que toutes les fenêtres ne s'allument ou ne s'éteignent pas en même temps, créant ainsi l'illusion que de vraies personnes aux horaires variés habitaient cette rue. Cela fonctionnait parfaitement, tout comme l'éclairage des lampadaires au « gaz » qui bordaient la rue. Cependant, alors que je me tenais là, en me mordillant la lèvre inférieure, je me demandai s'il ne fallait pas ajouter un scintillement occasionnel à l'un ou l'autre d'entre eux. Mais cela aurait nécessité des modifications électriques supplémentaires qui, à mon avis, ne valaient pas la peine, surtout si près de la date limite.

— Arrête de te mordre la lèvre. C'est mon travail, grommela Vazul avant de tirer sur ma lèvre inférieure.

Je m'ébrouai et lui fis une grimace.

— Je réfléchis, dis-je.

— Eh bien, réfléchis avec ta tête, pas avec ta bouche. Pourquoi te tortures-tu cette fois-ci ? demanda-t-il.

— Je me demande s'il vaut mieux ajouter un scintillement à certains lampadaires ou consacrer du temps à ajouter un peu de brouillard au sol, dis-je pensivement. Le scintillement ne serait pas si compliqué à réaliser, mais chaque composant électrique augmente le risque d'un dysfonctionnement inopiné au pire moment possible. Quant au brouillard, pour que l'acheteur puisse le déclencher à volonté, j'aurais besoin d'un humidificateur intégré. Mais cela pourrait causer des problèmes de moisissure ou autres à long terme, en particulier avec les composants électriques des lampadaires.

— Alors utilise la magie, rétorqua Vazul d'un ton évident. Il existe de nombreux sorts de bas niveau qui peuvent créer ces illusions. Il suffit de placer des runes invisibles activées par des simples mots de pouvoir. Les gens n'auront même pas besoin de magie pour les faire fonctionner. Pour eux, cela ne sera pas différent des autres équipements à commande vocale qu'ils possèdent. Tu pourrais même faire apparaître des silhouettes fantomatiques qui traversent la rue ou apparaissent à des endroits aléatoires une fois la nuit tombée.

J'écarquillai les yeux et le regardai avec stupéfaction, car il venait de décrire exactement ce que j'aurais aimé ajouter, mais que j'avais rayé de ma liste de choses réalisables.

Il gloussa.

— Ne sois pas si étonnée. Je vois ce que tu veux. Comment crois-tu que j'aie réussi à peaufiner tes créations exactement selon ta vision ? Ajoute-les simplement. Cela rendra ton chef-d'œuvre complet.

— Mais je ne connais pas ces sorts, dis-je d'un air penaud.

— Alors apprends-les, grogna-t-il, peu impressionné. Il existe des sorts très basiques que tu peux maîtriser en quelques heures.

— Est-ce seulement éthique ? demandai-je en me dandinant nerveusement.

Il poussa un soupir.

— La collection d'Angélique est entièrement construite à l'aide de la magie, et même pas la sienne. Si cela posait problème, elle aurait été dénoncée depuis longtemps. En fin de compte, les seules règles sont que tu détiennes tous les droits sur ta collection, qu'elle réponde aux niveaux de qualité de base et qu'elle soit sans danger pour le public. Tu remplis toutes ces conditions. Alors mets-toi au travail.

Je recommençai à me mâchouiller la lèvre inférieure, mes nerfs prenant le dessus alors que mon dos se raidissait. Il avait raison. C'étaient des sorts de bas niveau que je pouvais facilement maîtriser si je m'y mettais. Mais je me sentais dépassée à l'idée de tout ce que je voulais faire alors que le temps filait.

Je hoquetai lorsque Vazul pressa soudainement son torse contre mon dos et glissa une main sous la taille de ma jupe. Ses doigts foncèrent directement vers mon clitoris et commencèrent à le masser.

— Qu'est-ce que tu fais ?! m'écriai-je, alors même qu'une vague de luxure explosait au creux de mon ventre.

— Tu te crispes trop pour des broutilles. Je t'aide à te détendre, dit-il nonchalamment.

— Tu ne peux pas faire ça !

— Évidemment que je peux, répondit-il d'un ton pince-sans-rire, deux doigts plongés en moi tandis que son pouce continuait à masser mon clitoris.

Il glissa sa main gauche sous ma chemise pour attraper mon sein.

— Et manifestement, je suis en train de le faire, continua-t-il.

— Manifestement. Mais comment suis-je censée me concentrer ? dis-je d'un ton désapprobateur, contredit par mes jambes qui s'écartèrent d'elles-mêmes pour lui donner un meilleur accès.

— Débrouille-toi. C'est ton travail de réfléchir. Le mien, c'est d'agir. Et en ce moment, j'ai envie d'agir sur toi, ronronna-t-il avant de passer ses crocs sur le côté de mon cou.

— Vazul ! protestai-je de la manière la plus faible et la plus pathétique qui soit, mes parois internes palpitant d'anticipation.

Le tintement de la sonnette me fit presque bondir hors de ma peau. La série de jurons qui jaillit de la bouche de mon démon fit écho à celle qui défilait dans mon esprit. Qui diable voulait être dérangé par un visiteur inattendu juste au moment où il se faisait masturber par son démon sexuel, qui allait bientôt le baiser à mort ?

À contrecœur, je me libérai des caresses coquines de mon amant, remis mes vêtements en place et sortis de la pièce. Je réalisai soudain qu'il s'agissait probablement de la livraison du matériel supplémentaire que j'avais commandé à la dernière minute. Je devais aller le chercher rapidement avant de retourner auprès de Vazul afin qu'il puisse me défoncer comme il se devait.

Mes joues brûlaient d'embarras à l'idée que j'étais devenue une maniaque affamée de sexe depuis qu'il était entré dans ma vie. Mais on ne vivait qu'une fois. Ne pas profiter pleinement de mon Lidérc serait non seulement un crime contre l'humanité, mais ferait également de moi une Maîtresse épouvantable. Après tout, il venait tout juste d'éclore et avait besoin d'être nourri correctement. Qui étais-je pour lui refuser ces besoins fondamentaux ?

Je gloussai doucement devant l'effronterie avec laquelle j'essayais de justifier le fait de donner libre cours à la dévergondée qui sommeillait en moi et que j'avais stupidement réprimée pendant trop longtemps.

Non, pas réprimée. Elle n'avait pas trouvé le bon partenaire pour pouvoir s'épanouir.

Cette soudaine prise de conscience me frappa de plein fouet. Je ne me comportais pas ainsi simplement parce qu'une étrange créature des ténèbres était entrée dans ma vie. Je baissais enfin ma garde et explorais une partie de moi que je n'aurais jamais exposée aux autres auparavant. Non pas parce qu'il y avait quelque chose de mal à cela, mais parce que je ne me serais jamais sentie aussi en sécurité avec quelqu'un d'autre que mon démon. Je ne savais pas lire les émotions comme lui, et pourtant je savais sans l'ombre d'un doute qu'il ne me jugeait jamais et ne condamnait aucune de mes pensées ou de mes désirs.

Il m'acceptait telle que j'étais. Le fait qu'il m'encourage à travailler sur mes défauts n'était pas un jugement négatif à mon égard. Comme il le disait lui-même, Vazul voulait que je réalise mon plein potentiel, et cela demandait un certain travail.

Avec lui, j'avais l'impression qu'il n'y avait aucune limite. Tant que je m'investissais à fond, je pouvais atteindre mes objectifs avec lui à mes côtés, prêt à me rattraper si jamais je trébuchais en chemin.

Je me dirigeai vers la porte d'entrée avec un sourire rêveur, qui s'effaça dès que j'ouvris la porte.

— Angie ?! Que fais-tu ici ? demandai-je, perturbée de voir cette femme désagréable.

— Je suis venue récupérer mon bien, dit-elle d'un ton autoritaire, avant de me bousculer et de s'engouffrer dans la maison.

Choquée, je haletai face à son arrogance et sa grossièreté. J'ouvrais la bouche pour lui exprimer le fond de ma pensée lorsque mon regard se posa sur ses sacs, toujours empilés à côté de la console dans le hall d'entrée. Même si je connaissais la véritable raison de sa présence, je décidai de jouer le jeu et de voir où cela nous mènerait.

— Bien sûr, tes sacs sont tous là, dis-je en les montrant du doigt.

Elle souffla avec mépris avant de se retourner pour me fusiller du regard.

— Ne fais pas l'idiote, lança-t-elle sèchement. On se fiche de ces cochonneries. Je veux mon Lidérc, espèce de voleuse !

Je relevai le menton avec défi.

— Nous savons toutes les deux que je n'ai rien volé. Il n'est pas à toi. Ce n'est pas toi qui l'as fait éclore. C'est moi. Tu n'as donc aucun droit sur lui.

— Tu as volé ma propriété ! grogna-t-elle.

— Tu as jeté l'œuf. Il était donc de libre accès.

— Je l'ai laissé là pour le récupérer plus tard avec mes autres affaires, rétorqua Angélique. Tu as dit toi-même que je pouvais venir chercher mes affaires quand je voulais. Eh bien, c'est maintenant.

— Oui, je l'ai dit, concédai-je. Et toutes tes affaires sont là. Sauf que, selon tes propres dires, ce sont des cochonneries dont personne ne se soucie.

— L'œuf...

— L'œuf n'existe plus, l'interrompis-je d'un ton sec. Il a éclos et la coquille s'est désintégrée. Maintenant, il y a une personne à part entière. Il n'y a plus d'objet ou de propriété que tu puisses réclamer.

— Vazul n'est pas une personne. C'est un démon, un serviteur. MON serviteur, siffla Angélique. Tu ne peux pas satisfaire ses besoins comme je le peux. Je parie que tu ne le nourris même pas correctement parce que tu es trop pathétique pour lui permettre de puiser une once de ta force vitale.

Cette remarque fit mouche. Même si Vazul m'avait assuré que se nourrir de mes émotions sans me vider de mon énergie lui suffisait pour survivre, je ne pouvais m'empêcher de me demander s'il disait cela uniquement pour me faire plaisir ou s'il s'affaiblissait réellement de jour en jour faute de nourriture adéquate. Mon expression avait dû trahir mes pensées, car une lueur malveillante de triomphe brilla dans ses yeux bleus.

— Je le savais. Tu es tellement faible, et tu penses pouvoir posséder quelqu'un comme lui ? se réjouit-elle en avançant vers moi d'un pas menaçant. Je peux te détruire, petite fille. J'ai de l'argent, des relations et la loi de mon côté. Tu me causes actuellement un grave préjudice financier.

Je reculai, déroutée par cette accusation insensée.

— Un préjudice financier ?! Comment diable est-ce que je te fais du tort ?

— Cet œuf coûte une fortune, dit Angélique d'un air suffisant. Son prix est suffisamment élevé pour être considéré comme un vol grave, un délit passible de poursuites judiciaires. De plus, le travail de mon Lidérc permettrait non seulement de compenser cet investissement initial, mais aussi de me générer des revenus considérables à long terme. Tu me prives de cela. Depuis des mois, j'ai de nombreux clients qui font la queue pour bénéficier de ses services.

Je restai bouche bée.

— Alors tu veux vendre ses services ?!

Ce fut à son tour de soulever le menton d'un air impénitent, me mettant au défi de contester à la fois son droit et la sagesse de son approche.

— Combien d'hommes et de femmes connais-tu qui ne seraient pas prêts à payer une fortune pour avoir le privilège de baiser un démon en toute sécurité ? demanda-t-elle, les yeux brillants de cupidité.

— Oh, mon Dieu ! Tu veux dire que tu comptes littéralement le prostituer, sexuellement, et pas seulement louer son travail ! m'écriai-je, complètement sidérée alors que la colère montait en moi. C'est absolument hors de question. Vazul n'est pas un prostitué que tu peux exploiter !

— C'est un démon sexuel, espèce de connasse ! Baiser, c'est son métier. Je peux t'assurer qu'il préfère ça de loin aux tâches ennuyeuses que tu lui confies probablement. Tu ne peux pas lui donner ce qu'il veut ou ce dont il a besoin. Qu'est-ce qui t'a fait croire qu'une personne comme toi pourrait retenir une créature surnaturelle comme lui ?

Chacun de ses mots me transperçait le cœur comme un poignard brûlant, exposant toutes les peurs qui tourbillonnaient dans ma tête. C'était un démon sexuel. Pourquoi se contenterait-il de moi alors qu'il pouvait avoir toutes celles qu'il désirait et se livrer à des perversions extrêmes qui ne m'intéresseraient jamais ?

La colère d'Angélique s'estompa soudainement, et elle prit un air de pitié mêlé de bienveillance qui me fit encore plus mal.

— Je comprends. Je suis sûre que ta chatte n'a jamais connu autant de plaisir. Après tout, ce n'est pas comme si la crème des hommes se bousculaient à ta porte. Je peux donc me montrer indulgente. Une fois que tu m'auras rendu mon bien, je le laisserai te baiser une fois par semaine gratuitement. Ce sera bien plus que ce que tu as eu pendant toute l'année où nous avons été colocataires, et en plus, ce sera de première qualité. Franchement, je ne serais pas étonnée que ce soit plus de sexe que tu n'en as jamais eu dans toute ta petite vie.

Des larmes de colère et de honte me piquèrent les yeux. Cependant, même si je me sentais vaincue et humiliée, je refusais de lui montrer à quel point elle m'avait affectée. Et surtout, je ne la laisserais pas faire à Vazul ce qu'elle lui réservait. Même si je finissais par le perdre à long terme, ce ne serait jamais au profit d'une harpie comme elle.

— Merci pour ton indulgence, dis-je avec autant de sarcasme et de mépris que je pouvais invoquer. Mais la réponse reste non. Je ne te laisserai pas l'exploiter. Le simple fait que tu te tiennes ici pour essayer de me convaincre de te le livrer confirme que tu n'as aucun droit sur lui. S'il était à toi, tu l'aurais simplement pris et tu serais partie. Tu ne serais pas ici à proférer des menaces creuses pour me forcer à te donner ce que tu veux.

— Je peux te rendre la vie impossible, espèce de vache stupide, siffla Angélique en pointant un doigt furieux vers moi.

— Tu peux toujours essayer, répondis-je d'un ton glacial. Mais je doute que le Conseil des Sorcières apprécie que tu tentes de voler le familier d'une autre sorcière.

— Tu n'es pas une sorcière, connasse. Tu n'as ni cercle, ni protection. De quel côté penses-tu que le Conseil se rangera ? Du mien, moi qui suis une sorcière puissante et très respectée dans notre milieu ? Ou du tien, toi, la petite inconnue faible et sans affiliation qui n'a même pas pris la peine de terminer sa formation de base ?

Cette fois, je me sentis véritablement vaincue.

CHAPITRE 7

VAZUL

E n écoutant leur conversation, mon sang se mit à bouillir davantage de colère. La rage que je ressentais envers Angie allait bientôt atteindre son paroxysme. Le manque d'assurance de Coral m'énervait également. Combien de fois devais-je lui répéter que j'étais à elle ? Et pourtant, écouter ces sottises m'aida à identifier les points sensibles de ma Maîtresse.

Cette pauvre femme croyait sincèrement que le fait d'être un démon sexuel signifiait que j'étais constamment en quête des formes de débauche les plus perverses possibles. Ce n'était pas le cas. Cela signifiait simplement que j'étais ouvert à tout et que je pouvais procurer un plaisir incommensurable à mon partenaire. Je n'avais pas besoin d'apprécier personnellement les perversions auxquelles je devais participer. En fin de compte, tout ce qui m'importait était de m'assurer que mon partenaire avait ce dont il avait besoin pour que je puisse me nourrir.

Mais j'avais mes préférences et mes propres perversions. Même si elle avait du mal à l'accepter pour l'instant, j'allais passer le reste de cette vie à lui prouver qu'elle satisfaisait largement mes besoins. Ses perversions étaient les miennes, non par devoir, mais parce que j'aimais sincèrement tout ce qui l'intéressait. Le sexe avec elle n'était pas une corvée, c'était un délice mutuel par pur plaisir. Me nourrir de ses émotions exquises n'était qu'un bonus supplémentaire.

Néanmoins, j'aimais voir ma femme se montrer de plus en plus ferme au fur et à mesure que la conversation avançait. Sa profonde indignation face à Angie qui insinuait qu'elle allait me prostituer m'amusait beaucoup. Ce n'était pas la jalousie qui motivait la colère de Coral, mais un besoin sincère de me protéger de ce qu'elle percevait comme une exploitation et une dégradation extrêmes. Cela me renversait d'avoir une fois de plus la confirmation qu'elle se souciait profondément de moi en tant que personne et non simplement en tant que propriété.

Mes anciens maîtres partageaient le point de vue d'Angie quant à ce que j'étais et comment je devais être utilisé. Les autres invités à cette fête auraient également adopté sans vergogne une approche similaire si je leur avais appartenu. Mais pas ma belle Coral.

La voix méprisable d'Angélique m'arracha à mes réflexions.

— Tu n'es pas une sorcière, connasse. Tu n'as ni cercle, ni protection. De quel côté penses-tu que le Conseil se rangera ? Du mien, moi qui suis une sorcière puissante et très respectée dans notre cercle ? Ou du tien, toi, la petite inconnue faible et sans affiliation qui n'a même pas pris la peine de terminer sa forma-tion de base ?

Exaspéré, je sortis de la pièce en tapant du pied et me diri-geai vers l'entrée.

— Elle a une protection. Moi, grognai-je en frappant ma poitrine du poing. Je t'ai dit de rester loin de ma Coral et d'ar-rêter de la menacer ou de la tourmenter.

Coral me dévisageait, bouche bée, à la fois soulagée et ne sachant pas comment gérer la situation. Je pris donc les choses en main. Je m'approchai des deux femmes et écartai doucement ma Maîtresse pour que la misérable sorcière n'ait d'autre choix que de me faire face.

Malgré la pointe de peur qui l'envahit, Angélique adopta une attitude provocante qui aurait pu inspirer le respect dans d'autres circonstances.

— Pfft ! Elle est tellement faible qu'elle a ordonné à son serviteur de la défendre ? demanda Angélique, la voix pleine de mépris.

— Ma Coral n'a rien fait de tel, répondis-je avec autant de dédain que possible. Je la protège parce que je *veux* le faire. Je ne t'appartiens pas, je ne t'ai jamais appartenu et je ne t'appartiendrai jamais. Pendant des mois, tu as essayé de me faire éclore et tu as lamentablement échoué. Tu t'es déjà demandé pourquoi ?

— Apparemment, parce que tu étais défectueux, dit-elle, essayant de cacher l'incertitude qui prenait racine en elle.

— Non, stupide mégère. Je ne suis pas sorti de mon œuf parce que j'ai refusé d'éclore pour toi. Tout en toi est répugnant. J'ai choisi de ne pas sortir de mon œuf parce que je refuse de servir une sorcière prétentieuse et égoïste comme toi. Tu ne mérites pas tout ce qu'une créature comme moi pourrait t'apporter. Mais dès que j'ai senti la présence de Coral, j'ai su qu'elle était la bonne.

Le choc et l'indignation qui envahirent Angélique furent littéralement orgasmiques. Qui aurait cru que quoi que ce soit concernant cette femme répugnante puisse m'exciter ? Évidemment, pas au sens où j'aurais envie de faire des galipettes avec elle. Mais je ne pouvais nier le plaisir que me procurait le fait de la rendre malheureuse. Ce plaisir fut encore décuplé par le fait que Coral fut profondément émue par mes paroles.

— Il n'a fallu que deux heures à Coral pour me convaincre de sortir des profondeurs de l'Enfer et me faire accourir vers elle. Elle est la Maîtresse que j'ai toujours rêvé de servir. Ses émotions sont comme la plus pure ambroisie. Son toucher est une drogue addictive dont je ne veux jamais guérir. Je désire tout ce qui la concerne, sa présence, sa voix, même son silence contemplatif est un délice pour moi. Mais tout ce qui te concerne est révoltant. Chaque fois que tu as posé tes sales pattes sur moi lors de ta soirée, j'en ai eu la nausée.

— Tu mens ! s'écria Angélique, les poings serrés, luttant contre les larmes d'humiliation.

— Je ne mens pas. Et c'est le fait de savoir que mes paroles sont la vérité qui te met en rage en ce moment, dis-je avec une joie malicieuse. Tu peux arrêter de débiter toutes ces absurdités. Coral n'a pas besoin de me demander de faire des corvées pour elle. Je meurs d'envie de les accomplir parce que j'aime ce que je ressens quand je lui fais plaisir. Si jamais elle me rejette un jour, je retournerai dans les ténèbres plutôt que de servir quelqu'un comme toi.

J'avançai encore de quelques pas, dominant de toute ma hauteur cette insupportable harpie. Elle recula de deux pas, furieuse, intimidée et toujours incapable d'accepter que les choses ne se soient pas passées comme elle le souhaitait.

— Comme ma femme l'a dit, tu as renoncé à tes droits sur l'œuf en le laissant dans ton appartement. L'œuf n'existe plus. Il a éclos et a été incinéré. Tu n'as rien à réclamer ici. Maintenant, pars et ne reviens plus. Si jamais tu menaces ou harcèles à nouveau ma Maîtresse, tu subiras mon courroux. Et souviens-toi bien que je ne suis pas lié par les lois des mortels, grognai-je de manière menaçante.

— Le Conseil des Sorcières en sera informé ! s'écria Angélique, ses yeux lançant des poignards alors qu'elle regardait tour à tour ma femme et moi.

— Vas-y, va te plaindre auprès du Conseil et vois quelle réponse tu obtiendras pour avoir tenté de voler un familier, répondis-je d'un ton moqueur.

Avec un grognement de rage, Angélique se retourna et sortit en trombe de la maison. Je me dirigeai nonchalamment vers la porte, la refermant correctement derrière elle et la verrouillant avant de faire face à ma femme.

L'émerveillement et la puissante émotion avec lesquelles Coral me regardait me bouleversèrent.

— C'était incroyablement gentil de ta part de dire ça à mon sujet, dit-elle d'une voix légèrement tremblante.

Je soufflai avec dédain.

— Ce n'était pas gentil, c'était vrai.

Elle cligna des yeux et me fixa d'un air incertain dans ses beaux yeux marron clair.

— Vraiment ? Tu peux choisir pour qui éclore ? demanda Coral avec hésitation.

— Oui, petite femelle. Je t'ai dit que je ne mentais pas. J'ai éclos pour toi parce que je voulais t'appartenir à toi.

Ses lèvres tremblèrent, et la vague d'émotions qu'elle déversa sur moi faillit me faire craquer. Jamais, au cours de mes mille années d'existence, personne n'avait exprimé ce genre de sentiment à mon égard.

Coral courut et se jeta dans mes bras. Je l'attrapai et elle enroula ses bras autour de mon cou et ses jambes autour de ma taille avant de m'embrasser brutalement. Trop tôt, elle mit fin à ce baiser pour me regarder avec adoration.

— Tu es vraiment le meilleur, dit-elle, la voix chargée d'émotion.

— Je sais, répondis-je avec suffisance en lui souriant. N'hésite pas à me remercier comme il se doit pour cela.

Elle éclata de rire, puis enfonça ses doigts dans mes cheveux avant de frotter son nez contre le mien.

— Je pense que tu le mérites, murmura-t-elle contre mes lèvres.

Elle n'eut pas besoin de le répéter.

Je la portai jusqu'à la chambre principale, nos bouches scellées dans un baiser passionné. Son excitation croissante était le plus puissant des aphrodisiaques. En tant que démon sexuel, je pouvais avoir une érection sur commande. Mais avec elle, je n'avais même pas besoin de forcer mon membre à réagir. Sa simple présence, ses moindres émotions suffisaient à faire affluer le sang vers mon entrejambe. Même maintenant, j'avais envie de m'enfoncer jusqu'à la garde et de pilonner sa douce chatte jusqu'à plus soif, tandis qu'elle se tordait sous moi et criait mon nom.

Et bientôt, elle ferait exactement cela, encore et encore.

Ma queue palpitait d'anticipation lorsque j'atteignis le palier et me frayai un chemin vers la chambre. J'ouvris la porte d'un coup de pied avec un peu plus de force que nécessaire, mais mon sang bouillait d'impatience. On aurait dit un adolescent sur le point de perdre sa virginité plutôt qu'un démon ancien avec plus de mille ans d'existence.

Je la remis debout près du lit, mes lèvres continuant à dévorer les siennes. Mes mains la parcouraient fébrilement tandis qu'elle me rendait mes caresses. Je descendis la fermeture Éclair derrière elle, glissant ma main sous le tissu pour caresser la peau douce de son dos. Elle frissonna contre moi, la chaleur de ma paume provoquant une chair de poule sur tout son corps. J'aimais la façon dont elle réagissait à mon toucher, et surtout sa sensibilité à mes variations de température.

Ma magnifique Maîtresse n'avait aucune idée de ce que je lui réservais aujourd'hui.

Je raclai doucement mes griffes sur son dos avant de les accrocher sous les bretelles de sa robe longue. Je les fis glisser le long de ses épaules, et le tissu tomba dans un léger bruissement, exposant la perfection de son corps nu à mes mains avides.

Comme si elle avait lu mes intentions, Coral rompit le baiser la première. Mais avant que je ne puisse incliner sa tête en arrière pour embrasser son cou, ma femme me devança et le fit d'abord sur moi. Je voulais grogner pour protester. J'aimais être aux commandes dans la chambre à coucher. Cependant, ses émotions criaient haut et fort son désir d'être en charge à ce moment précis. La partie égoïste de moi voulait l'ignorer, mais mon besoin de lui plaire prit le dessus et je me soumis à contrecœur.

C'était tellement étrange que j'aie du mal à accepter que quelqu'un veuille volontairement prendre soin de moi, au lieu que je doive le demander, voire le supplier.

Coral m'embrassa et me lécha le cou, ses ongles émoussés me griffant le dos exactement comme je l'aimais. Ce n'était pas assez fort pour me blesser, mais suffisamment appuyé pour me procurer une agréable sensation de brûlure. Coral se dressa sur la pointe des pieds pour mordiller mes oreilles pointues. Après tant de siècles d'existence, ce fut un choc pour moi de découvrir que j'aimais qu'on me malmène un peu les oreilles, en particulier qu'on me mordille la pointe.

Les premières fois que nous nous étions accouplés, Coral avait été très hésitante et peu sûre de sa capacité à me satisfaire. Pauvre folle ! Elle ne comprenait pas à quel point j'étais accro à tout ce qui la concernait. Mais la voir gagner progressivement en confiance, en audace et en assurance était extrêmement excitant. Coral se débarrassait de ses inhibitions, chassait les doutes qui la freinaient et s'épanouissait enfin. J'adorais la voir assumer la femme formidable qui avait toujours sommeillé en elle, attendant juste de pouvoir s'épanouir dans toute sa splendeur.

Elle mordit mon lobe d'oreille avec force, juste à la limite de la douleur. Le gémissement voluptueux qu'elle m'arracha la fit glousser avec une telle suffisance que ma queue devint encore plus dure. Coral effleura mon cou de ses lèvres, suçant la veine palpitante avant de poursuivre son périple vers le sud. Elle s'attarda sur mes mamelons, les pinçant férocement avant d'apaiser la douleur avec sa langue. Celle-ci tourbillonna autour de l'aréole d'une manière lascive qui attisa la lave bouillonnant au creux de mon estomac.

Alors qu'auparavant, elle aurait lentement descendu vers mes parties intimes avec une certaine hésitation, ma femme n'avait plus aucun scrupule. Mais elle avait compris que chaque fois qu'elle essayait de prendre le contrôle, elle devait passer rapidement à l'action avant que mon désir brûlant de prendre le dessus ne finisse par l'emporter. Même maintenant, je savais que je ne tiendrais pas très longtemps. J'avais l'eau à la bouche à l'idée de la dévorer. C'était une faim que même dix vies ne suffiraient pas à assouvir.

Mon estomac frémit lorsqu'elle s'accroupit devant moi, sa langue laissant une traînée brûlante sur mes abdominaux, dépassant mon nombril, puis descendant directement vers mon entrejambe. Je pris une inspiration sifflante lorsque Coral enserra la base de mon membre de sa main. Elle le caressa plusieurs fois, puis se lécha les lèvres avec un regard affamé qui faillit me faire jouir sur-le-champ.

Selon elle, j'avais le goût d'un crumble aux pêches. Et à en juger par les émotions qui émanaient d'elle chaque fois qu'elle posait sa bouche sur moi, elle appréciait vraiment cela. Pire encore, cette misérable femme s'était présentée à plusieurs reprises à l'atelier avec une part de crumble aux pêches et avait fait tout un spectacle en le mangeant de la manière la plus aguicheuse qui soit, prenant tout son temps pour lécher sa cuillère d'une façon qui ne laissait rien à l'imagination. Naturellement, elle faisait cela lorsque j'étais en train d'effectuer une tâche qui ne pouvait être interrompue sans gâcher la pièce sur laquelle je travaillais.

Inutile de dire que j'allais lui faire payer plus tard.

Un grognement sauvage vibra dans ma poitrine lorsqu'elle me prit dans sa bouche et commença immédiatement à bouger rapidement devant moi. Coral tournait son poignet juste comme il fallait à chaque mouvement, serrant fermement la base au passage. Mais c'était la façon dont elle suçait mon gland, le taquinait avec sa langue et effleurait de ses dents les crêtes de ma longueur qui me rendait fou de plaisir.

Les doigts des deux mains enfoncés profondément dans ses boucles serrées, je grinçai des dents pour m'empêcher de me balancer d'avant en arrière dans sa bouche. Le plaisir était trop intense. Si je cédais, je risquais de lui faire mal. Puis elle se mit à enfouir ses ongles entre les sillons de mon membre avec sa main droite tout en serrant mes testicules avec sa main gauche. Depuis qu'elle avait compris à quel point ces deux gestes me procuraient du plaisir, elle s'assurait de ne jamais manquer une occasion de les refaire.

J'étais stupéfait de voir à quel point Coral était attentive à mes réactions, cherchant sans cesse de nouvelles façons de me satisfaire au lieu de se contenter de prendre ce que j'avais à offrir. Cette stupide culpabilité tenta de refaire surface, mais je la réprimai. C'était le paradoxe le plus étrange qui soit : pour la rendre heureuse, il me suffisait de la laisser me procurer du plaisir.

Mais toutes ces pensées bienveillantes s'envolèrent dès qu'elle me prit profondément dans sa bouche et se mit à fredonner. Les vibrations allaient me faire jouir en un rien de temps, ce qui était absolument inacceptable. Ma femme devait crier mon nom plusieurs fois avant que je ne m'autorise à atteindre l'orgasme.

Sans même réfléchir, j'invoquai mon feu et fis jaillir un tentacule enflammé que j'enroulai autour de son cou. Il le serra si fort qu'elle eut le souffle coupé, s'arrêta et me regarda avec un mélange de choc et d'indignation. Évidemment, je contrôlais la chaleur de la flamme afin qu'elle ne brûle pas réellement et agisse simplement comme une corde. Mais j'avais l'intention de jouer un peu plus avec cela dans un instant.

Les yeux rivés aux siens, je tirai sur la laisse enflammée, la forçant à se remettre debout. La lumière vive qui illuminait son visage indiquait que mes yeux brillaient tandis que je me nourrissais de ses émotions. Avant qu'elle ne puisse émettre la moindre plainte, j'écrasai sa bouche de la mienne, ma langue l'envahissant comme une armée déchaînée. Elle fondit contre moi, bien que sa main retourne directement vers mon membre.

Je la laissai me caresser encore quelques fois avant de rompre le baiser et d'imiter les attentions qu'elle m'avait précédemment prodiguées. Je léchai ses mamelons, les pinçant et les mordillant exactement comme elle aimait. Cependant, même si ma femme appréciait que l'on tripote ses seins, ce qu'elle désirait vraiment, c'était que l'on s'occupe de son clitoris. Et j'avais bien l'intention de la satisfaire sur ce point.

Je descendis en embrassant son ventre, titillai son nombril saillant, puis m'agenouillai devant elle pour contempler mon trophée.

— Je n'avais pas fini de te donner du plaisir, murmura Coral avec une désapprobation peu convaincue lorsque je me penchai pour lécher son petit bouton engorgé.

Je levai les yeux vers elle avec un regard impénitent tandis que mes doigts titillaient sa fente, déjà luisante d'excitation.

— Tu pourras continuer plus tard. C'est ta faute si tu as si bon goût. Et j'ai faim. Je dois festoyer, dis-je sans vergogne.

Je soulevai sa jambe gauche par-dessus mon épaule et enfouis mon visage entre ses cuisses. Les mains de Coral agrippèrent immédiatement mes cornes. J'adorais quand elle faisait ça. Je léchai et suçai son clitoris, ses gémissements délicieux remplissant mes oreilles et son plaisir m'envahissant dans un flux constant dont je me gavais avidement.

Comment quelqu'un pouvait-il avoir un goût aussi délectable ? Comment de simples émotions pouvaient-elles me combler encore plus que de drainer la force vitale de quelqu'un ? Et pourtant, à chaque moment intime avec ma femme, son goût semblait devenir encore plus divin.

Je la dévorais avec une faim implacable, mes doigts entrant et sortant d'elle jusqu'à ce qu'elle commence à approcher du précipice. Je soulevai brusquement sa jambe droite pour la placer sur mon autre épaule. Coral haleta entre deux gémissements, sa prise se resserrant autour de mes cornes dans un mouvement de panique. Elle poussa un petit cri lorsque je me relevai, ma langue remplaçant mes doigts en elle alors que je la faisais entrer et sortir frénétiquement.

Elle commença à se tortiller, ses jambes tremblant de chaque côté de mon visage alors que son orgasme approchait. Je déployai à nouveau un tentacule enflammé, et cette fois-ci, je m'en servis pour fouetter son appétissant postérieur. C'était suffisamment fort pour qu'elle ressente une agréable sensation de pincement, mais rien qui puisse marquer sa peau impeccable ou lui infliger une quelconque douleur.

Coral aimait de nombreux aspects du BDSM, mais elle n'aimait certainement pas la douleur ou l'humiliation. Elle aimait en faire l'expérience de manière plus légère. La confiance avec laquelle elle s'abandonnait à mes soins me faisait le plus grand bien. Cela me rendait également encore plus protecteur à son égard. Je voulais que ma Maîtresse réalise chacun de ses fantasmes tout en se sentant en sécurité et respectée.

À en juger par les émotions qui émanaient d'elle et les sons voluptueux qui s'échappaient de sa gorge, ma femme approuvait pleinement mes attouchements. Et trop tôt, elle poussa un cri, emportée par la félicité. Je continuai à me délecter d'elle pendant un moment, jusqu'à ce qu'elle commence à revenir à la réalité. Puis je retirai ma langue d'elle et jetai Coral brusquement sur le lit.

Son cri de surprise alors qu'elle volait dans les airs avant d'atterrir sur le matelas moelleux résonna directement dans mon membre. Cela réveilla le chasseur qui sommeillait au fond de moi. Ma femelle avait soif d'un peu de danger, ce qui attisait mes propres tendances prédatrices. Je balayai deux tentacules enflammés vers elle, l'attrapai par les chevilles et la tirai vers le bord du lit. Elle cria à nouveau avec un mélange de peur et d'excitation.

Je pris délibérément mon apparence la plus démoniaque, celle que j'utilisais pour aller au combat. Des pointes acérées jaillirent de certaines parties de mon corps, ma bouche s'élargit

RÉGINE ABEL

et mes dents s'allongèrent pour former des dagues redoutables, tandis que chacune de mes cornes se divisait en deux lances également couvertes de pointes. Mes yeux s'illuminèrent d'une lueur rouge terrifiante qui aurait fait fuir n'importe quel mortel sensé.

Un frisson parcourut ma femme. La vue de son essence s'écoulant de son sexe exposé à mes yeux affamés fit bouillir mon sang. Aussi terrifiante qu'elle trouvait mon apparence de combat, cela l'excitait tellement qu'elle mouillait visiblement davantage à l'idée de ce que j'allais lui faire.

Putain qu'elle était parfaite.

— Touche-toi, lui ordonnai-je d'une voix doublée et surnaturelle.

Un autre frisson violent la parcourut alors même qu'elle obéissait. Même si je venais de passer un bon moment à me régaler d'elle, j'eus l'eau à la bouche et mon membre palpita en voyant ses doigts délicats se glisser entre ses cuisses. La voir frotter son clitoris avec ses ongles vernis me donna envie de me jeter sur elle avant de laisser libre cours à ma passion.

Je grognai à nouveau et enroulai ma main autour de mon membre, me caressant presque brutalement pendant qu'elle se donnait du plaisir pour moi. Elle se lécha les lèvres d'un geste lent et provocateur tout en caressant sa poitrine de sa main libre.

Mes tentacules enflammés se resserrèrent autour de ses chevilles, et j'en invoquai un troisième qui glissa le long de ses jambes dans une caresse brûlante avant de sonder son ouverture. Coral retint son souffle lorsque je commençai à l'insérer en elle.

— N'arrête pas, lançai-je d'un ton menaçant lorsque le mouvement de ses doigts frottant son clitoris vacilla.

Son corps sursauta de surprise. Les yeux écarquillés, elle obtempéra, le mouvement de ses doigts s'accélérant de concert avec mon tentacule qui allait et venait en elle. Les éclairs de plaisir qui jaillissaient d'elle me frappaient en un flux constant alors qu'elle en voulait plus et s'approchait d'une nouvelle apogée. Le tentacule sombre en elle enflait et se contractait, maximisant la sensation qu'il procurait à chaque mouvement et frottant contre son point G exactement comme il le fallait.

Les yeux fermés, le souffle court, ma femme se préparait à basculer. Elle était si belle, les lèvres entrouvertes, la peau rougie par le plaisir et son magnifique visage dissous dans une expression de pur félicité. Puis cela la frappa.

Coral rejeta la tête en arrière avec un cri aigu alors qu'un deuxième orgasme la submergeait. Sa main se referma avec une poigne presque brutale sur son sexe tandis que l'autre serrait la couverture. Son corps se raidit pendant quelques secondes avant de se détendre. Cependant, sa tête roulait d'un côté à l'autre sur le matelas alors qu'elle chevauchait les vagues de l'extase, mon tentacule lui faisant l'amour prolongeant son ravissement un peu plus longtemps.

Alors qu'elle commençait lentement à se recentrer sur moi, je retirai le tentacule de son corps et me mis à l'enrouler tout autour d'elle.

— Qu'est-ce... qu'est-ce que tu fais ?! balbutia Coral lorsque je serrai fermement le tentacule.

— Je t'attache, ma douce, avant de faire ce que je veux de toi.

La peur et l'excitation l'envahirent à parts égales alors que les cordes enflammées rampaient sur tout son corps, formant une toile complexe autour d'elle, comme un harnais de cordes. Mais elles ne lui attachèrent pas les poignets dans le dos. Au lieu de cela, deux d'entre elles tirèrent sur ses bras, la forçant d'abord à s'asseoir, puis à se pencher en avant.

Coral hoqueta lorsque les tentacules attachèrent son poignet droit à sa cheville droite, puis son coude droit à son genou droit. La même chose se produisit avec sa jambe et son bras gauches, et ma Maîtresse se retrouva piégée dans une position de crabe.

Deux piliers enflammés semblèrent émerger du sol, accompagnés d'un impressionnant flash lumineux pour plus d'effet théâtral – ce qui fit à nouveau crier ma femme de peur.

Une corde enflammée jaillit du sommet de chaque pilier, s'enroulant autour de ses mains et de ses chevilles liées avant de la tirer vers le haut. Les émotions qui émanaient de ma femme alors qu'elle se retrouvait suspendue à l'horizontale, face vers le haut, m'excitèrent tellement que je faillis jouir.

— Sais-tu à quel point tu es belle ? Ligotée, exposée et impuissante, contrainte d'accepter tout ce que je m'apprête à te faire subir ? dis-je d'une voix menaçante et surnaturelle.

Elle se mit à respirer par à-coups rapides et superficiels. Le cœur battant à tout rompre, les pupilles dilatées et les lèvres entrouvertes, Coral me regarda m'approcher avec une anticipation mêlée de crainte. Davantage de son essence luisait sur sa fente lorsque je posai mes deux mains sur ses cuisses. Son souffle s'étrangla lorsque mes longues griffes monstrueuses s'enfoncèrent légèrement dans sa chair tendre, sans toutefois percer la peau.

— Je vais te démolir, sifflai-je dans un demi-murmure, invoquant un brasier infernal qui envahit la pièce.

Toujours sous ma forme de combat, j'enfouis mon membre dans son ouverture. Dans un monde parfait, je me serais enfoncé en elle avec une sauvagerie débridée, mais cela l'aurait blessée. Néanmoins, je ne m'introduisis pas aussi prudemment et délicatement que je le faisais habituellement. En surveillant de près ses émotions, je pus évaluer le niveau d'inconfort qui correspondait à son fantasme d'être ravie par un démon.

En un rien de temps, j'étais entièrement enfoncé en elle. La façon dont ses parois internes m'aspiraient puis se contractaient avidement autour de mon membre fit monter des grognements bestiaux dans ma gorge, accompagnés d'un besoin irrépressible de me déverser en elle. J'adoptai immédiatement un rythme punitif, la prenant rapidement et de plus en plus fort jusqu'à la pilonner avec un abandon téméraire. Chaque coup de reins et chaque caresse de son fourreau serré autour de mon sexe faisaient courir des flammes liquides dans mes veines.

Alors que je maintenais les feux de l'enfer visuel qui nous entourait à une température modérée, celui qui faisait rage en moi était sur le point de m'embraser. Coral criait de plaisir, poussant des sons inintelligibles tandis que je la détruisais. La voir suspendue, impuissante, attachée à mes piliers de feu tandis que mon membre allait et venait en elle, était la chose la plus érotique que j'avais jamais vécue.

Ma femme ne tiendrait pas beaucoup plus longtemps. Moi non plus, d'ailleurs. J'augmentai progressivement la température de mes tentacules ardents qui formaient un réseau complexe autour de son corps. Je passai mes griffes sur sa peau afin qu'elles lui infligent elles aussi une bonne brûlure, tandis que mon membre s'enflammait en elle. Ma Coral ne subirait aucun dommage, mais elle vivait véritablement une simulation sans danger où elle était profanée par un démon de feu dans les profondeurs de l'enfer.

Son orgasme la frappa avec une violence dévastatrice. Mes genoux faillirent se dérober sous la puissante vague de plaisir presque insupportable qui s'abattit sur moi. Les parois internes de ma femme qui se contractaient brutalement autour de mon membre m'achevèrent.

Je rugis et rejetai la tête en arrière alors qu'un orgasme ravageur s'emparait de moi. Par instinct, je m'enfonçai profondément en Coral d'un coup brutal. Une jouissance liquide jaillit de moi comme un volcan en éruption alors que je remplissais ma Maîtresse à ras bord. Chaque jet me donnait l'impression que des fragments de mon âme m'étaient littéralement arrachés et offerts en sacrifice à la femme qui me possédait comme personne ne l'avait jamais fait et ne le ferait jamais.

Me sentant chancelant, j'éteignis l'enfer qui faisait rage autour de nous. Dans mon état semi-hébété, je risquais de perdre le contrôle de la température et de réduire les lieux en cendres.

Mes cordes de feu s'estompèrent également, libérant Coral de ses liens. Je la pris délicatement dans mes bras alors que ses liens se défaisaient et la déposai sur le matelas.

Elle se blottit contre moi, son corps tremblant encore des derniers soubresauts de la passion, tout comme le mien. Je resserrai mon étreinte alors qu'une possessivité presque bestiale montait en moi. Pendant des siècles, j'avais erré dans les profondeurs de l'enfer, ne venant que rarement fouler le sol des mortels pour la courte durée de vie des maîtres humains que je n'avais pas méprisés, mais pour lesquels je n'avais pas non plus éprouvé d'affection particulière.

Mais Coral était ma seule et unique. Ma quête était enfin terminée. J'étais chez moi.

— Je ne te laisserai jamais partir, murmurai-je.

Ma maîtresse ne répondit pas. Mais elle n'en avait pas besoin. Elle se blottit davantage contre moi et un arc-en-ciel de joie jaillit d'elle, répondant à ma déclaration de la manière la plus puissante qui soit.

Je souris.

CHAPITRE 8
VAZUL

L e matin précédant la convention, je repris ma forme humaine afin d'accompagner Coral au siège du Conseil des Sorcières. Aujourd'hui, elle allait m'obtenir mes papiers officiels afin que je puisse enfin la conduire et faire des courses avec mon propre compte bancaire et ma propre carte. Nous pourrions également voyager ensemble n'importe où sans que je sois obligé de voler séparément sous ma forme de feu follet, car je ne pouvais actuellement pas présenter de pièce d'identité valide.

Cela me dérangeait toujours que Coral insiste pour que je sois un employé officiel avec un salaire régulier plutôt que son serviteur. Au début, elle avait même suggéré que je sois son partenaire, mais j'avais refusé. Bien qu'elle eût cédé, ses émotions indiquaient clairement qu'elle reviendrait sur le sujet plus tard, une fois que nous serions mieux installés dans notre routine. J'étais curieux de voir qui céderait le premier.

Cela dit, elle aurait pu m'ordonner de simplement obéir. Mais une fois de plus, elle choisit de respecter mes souhaits et de ne pas imposer sa volonté. C'était étrange d'être traité comme une personne plutôt que comme un objet. Et j'adorais ça.

Une vague de possessivité m'envahit lorsque je jetai un coup d'œil à ma Maîtresse. Je n'aurais jamais imaginé que des senti-ments tendres puissent avoir leur place dans ma vie. Et pourtant, ils étaient bien là.

Une fois les formalités administratives réglées, nous allions nous rendre au lieu de l'événement afin que Coral puisse s'ins-crire, récupérer nos badges et inspecter l'emplacement de notre stand. J'étais ridiculement excité à cette idée. Je voulais que ma femme brille. Et je n'avais aucun doute qu'elle y parviendrait, d'autant plus qu'elle avait désormais mis au point les sorts nécessaires pour l'insert de l'allée hantée dans la table basse.

Cependant, peu après le démarrage de la voiture, un senti-ment de malaise m'envahit. Il me fallut un moment pour réaliser qu'il s'agissait d'une vague d'émotions malveillantes et triom-phantes qui avaient rampé jusqu'à moi. Je me redressai sur mon siège et déployai pleinement mes sens pour sonder les personnes à proximité.

— Quelque chose ne va pas, dis-je, le dos raide.

— Quoi ? demanda Coral, la voix pleine d'inquiétude, en me jetant un coup d'œil avant de devoir se concentrer sur la route, car elle s'apprêtait à tourner à gauche. Que se passe-t-il ?

— Je dois retourner à la maison, dis-je d'une voix tendue.

— D'accord, je vais faire demi-tour au prochain...

— Non, dis-je d'un ton sévère, la prenant au dépourvu. Continue. Dépose-moi simplement à la prochaine intersection. Je reconnais la source de la menace. Elle doit continuer à penser que la maison est vide.

— Elle ? C'est Angie ? demanda Coral, la colère s'insinuant dans sa voix.

Je n'eus pas besoin de parler pour qu'elle comprenne. L'ex-pression de mon visage était toute la confirmation dont elle avait besoin. Sa colère s'amplifia.

— Je vais botter le cul de cette garce ! s'écria Coral.

Je gloussai.

— Tu es sexy quand tu es en colère. Mais tu auras tout le

temps de la punir plus tard. N'aie crainte, ma Coral. Tout ira bien. Ne t'approche pas de la maison avant que je te donne le feu vert.

Bien que clairement mécontente, ma femme obtempéra. Je lui indiquai l'endroit où elle devait me laisser, juste à côté d'une ruelle étroite sans issue entre deux grands immeubles. Dès qu'elle m'eut déposé, je me précipitai vers la zone la plus sombre avant de me transformer en feu follet. Cela m'horripilait de devoir abandonner mes vêtements car je m'étais habillé de manière plutôt élégante pour que ma Maîtresse soit fière de moi. J'espérais qu'ils seraient toujours là pour que je puisse les récupérer une fois que j'en aurais fini avec cette maudite femelle.

Comme il faisait grand jour, filer dans le ciel sous ma forme de feu aurait attiré trop de regards. Le monde moderne était devenu assez pénible avec toutes les technologies de surveillance disponibles. Il était presque impossible de nos jours d'aller où que ce soit sans être suivi par une caméra. Je me transformai donc en flamme bleue, car elle serait plus facilement confondue avec un drone ou un objet volant métallique.

Je m'élevai haut dans le ciel pour être encore plus difficile à détecter pendant que je retournais à la maison à toute vitesse. Alors que j'amorçais ma descente, j'aperçus le véhicule d'Angélique. Elle se garait à quelques mètres de notre résidence. Je me ruai vers la maison et m'engouffrai dans la cheminée pendant qu'elle était trop occupée à garer son véhicule pour me voir entrer.

Comme je soupçonnais qu'elle venait ici pour détruire la collection de Coral, j'installai immédiatement la caméra que ma Maîtresse utilisait habituellement pour enregistrer ses vidéos destinées aux réseaux sociaux. J'espérais ne pas avoir à m'en servir. Mais une preuve irréfutable de sa tentative de vandalisme donnerait à Coral toutes les munitions nécessaires pour écraser cette misérable femme.

Personnellement, j'aurais voulu me débarrasser d'elle avec

des méthodes bien plus diaboliques, mais je doutais que ma femme approuve. De plus, si Angélique était vue entrant dans la maison avant sa disparition, cela aurait mis Coral dans une position délicate. Je ne voulais pas être la cause de sa ruine.

Je positionnai la caméra de manière à couvrir une partie aussi grande que possible de la pièce et plaçai un buisson miniature à côté d'elle afin de cacher le voyant indiquant qu'elle était en marche. Avec tous les autres objets sur cette étagère, il serait presque impossible pour Angélique de la remarquer, à moins qu'elle ne sache précisément ce qu'elle devait chercher.

Lorsque les secondes se transformèrent en minutes, je m'approchai prudemment de l'entrée pour jeter un œil à l'extérieur. Angie était toujours assise dans sa voiture, attendant le moment opportun avant de passer à l'action, probablement pour s'assurer que nous ne reviendrions pas chercher quelque chose que nous aurions pu oublier.

À ma grande consternation, elle finit par sortir de la voiture. Sauf que ce n'était pas Angélique, mais Coral qui en émergea. Une colère brûlante monta en moi à l'idée que cette odieuse femelle eût osé prendre l'apparence de ma femme. C'était un très bon sortilège de glamour. Quiconque passait devant elle serait dupé. Elle imitait même parfaitement le déhanché élégant de Coral lorsqu'elle marchait.

Je m'empressai de retourner à l'atelier et m'installai dans l'âtre sous la forme d'un feu qui brûlait lentement.

L'idée qu'elle soit venue ici pour jeter une sorte de malédiction ou pour placer quelque chose de compromettant afin de nuire à Coral me traversa l'esprit. Mais je la rejetai aussitôt. Angie savait que je détecterais toute malédiction dès que j'entrerais dans la pièce où elle aurait été jetée.

Quelques instants plus tard, j'entendis la porte d'entrée s'ouvrir. Je fis appel à toute ma volonté pour rester calme. Si je me mettais en colère, mes flammes jailliraient et pourraient trahir ma présence. Même si elle allait probablement s'interroger sur le feu dans la cheminée, elle m'avait vu partir avec Coral et n'avait donc aucune raison de soupçonner que j'étais revenu. Mais même si elle venait à comprendre, sa simple présence illégale ici suffisait à la mettre dans le pétrin.

La façon dont ses pas la menèrent directement à l'atelier indiquait qu'elle était déjà venue ici auparavant. Le fait qu'elle abuse de l'hospitalité que ma femme lui avait précédemment témoignée afin de lui causer du tort ne fit qu'exacerber ma colère. Mon cœur bondit lorsque la porte s'ouvrit. L'expression stupéfaite sur le visage d'Angie aurait été délicieusement impayable si je n'avais pas été si concentré à me contrôler.

Une série de jurons extrêmement peu distingués s'échappèrent de sa bouche alors qu'elle observait chaque élément de la collection. Mais ce fut la pièce maîtresse de la table basse qui la fit vraiment sortir de ses gonds. Elle fut estomaquée par les animations fantomatiques apparaissant à divers endroits le long de la rue victorienne miniature. Les lampadaires clignotants à l'occasion et les fenêtres illuminées de manière aléatoire étaient également en pleine action.

— Tout cela devrait m'appartenir, sale voleuse, dit Angélique avec colère en serrant les dents. Tu vas regretter de m'avoir cherchée. Personne ne me vole sans en payer le prix.

Une vague de haine jaillit d'Angélique, suivie d'une puissante envie de destruction qui me frappa avec une force presque débilitante. Je faillis bondir pour intervenir, mais je me retins une fois de plus. Malgré tous ses défauts, Angie était bien trop rusée pour se contenter de tout casser dans un accès de rage. Cela laisserait des preuves indéniables de vandalisme.

Même si elle voulait détruire ma femme, elle ne voulait pas que cela puisse être relié à elle. Il fallait que cela ressemble à un accident. Elle jeta un coup d'œil autour d'elle, à la recherche de quelque chose qu'elle pourrait utiliser pour causer des dommages irréparables d'une manière qui serait attribuée à la malchance ou au résultat malheureux d'une négligence ou d'une distraction.

Son regard s'arrêta soudainement sur la cheminée. C'était troublant de la voir me fixer du regard sans même se rendre compte que ce n'était pas un feu dansant qui remplissait l'âtre, mais le démon même qu'elle convoitait.

— Quelle idiote, murmura Angélique avec un sourire diabolique. Tu devrais savoir qu'il ne faut pas laisser un feu brûler quand il n'y a personne dans la maison. Ce serait vraiment dommage qu'un accident dévastateur se produise.

La manière malveillante dont elle ricana parvint même à mettre un être comme moi mal à l'aise. Elle examina divers objets dans la pièce, essayant de déterminer lequel conviendrait le mieux pour ce qu'elle avait en tête. Elle finit par jeter son dévolu sur un gros rouleau de papier d'emballage. Elle l'apporta près de la cheminée et se mit à chercher le bon angle pour l'appuyer contre celle-ci.

Au début, cela me laissa perplexe, puis je compris. Les cartons d'emballage supplémentaires qu'elle ajouta, les positionnant de manière à créer un chemin continu entre la cheminée et la table basse, clarifièrent le tout. Leur emplacement ne serait même pas considéré comme intentionnel lors d'une évaluation criminalistique. Cela pourrait facilement passer pour un mauvais jugement ou un manque de vigilance au profit de la commodité.

La manière calculée et perfide dont elle orchestra tout cela aurait été impressionnante si la cible n'avait pas été quelqu'un qui m'était si cher. Le pire, c'était que cette haine était totalement injustifiée. Coral et Angie n'avaient pas une longue histoire de rivalité. Techniquement, Coral ne représentait aucune menace pour elle. Mais les gens comme Angélique ne supportaient pas l'idée que quelqu'un d'autre puisse exister ou s'épanouir dans un espace partagé. Elles avaient besoin d'écraser et de dominer pour apaiser leur ego fragile et leur profond manque de confiance en elles.

Une fois son sale boulot terminé, elle renversa le gros rouleau de papier d'emballage pour qu'une partie touche le feu dans la cheminée. Malheureusement pour elle, ce feu, c'était moi. Je luttai contre l'envie de rire aux éclats. Même sous cette forme, je pouvais communiquer avec les gens. Ce n'était pas comme de la télépathie. Ils m'entendaient réellement avec leurs oreilles. Pendant une fraction de seconde, j'envisageai de perturber son esprit en le faisant. Mais je voulais poursuivre l'enregistrement un peu plus longtemps avant de me dévoiler.

Faisant semblant de jouer le jeu, je me glissai sur le papier d'emballage, me répandant rapidement autour des boîtes et autres objets inflammables à proximité. Étant donné que je pouvais contrôler la chaleur que je dégageais, comme lorsque je jouais les coquins avec ma femme, je ne brûlai pas la plupart des objets que je touchai. Cependant, sans fumée ni papier noirci, Angie se rendrait compte que quelque chose clochait. Je brûlai donc quelques éléments non essentiels, comme la surface du papier d'emballage et l'une des boîtes.

Elle haleta en voyant à quelle vitesse le feu se propageait. Évidemment, c'était une tactique de ma part pour qu'elle ne voie pas que je ne détruisais rien de valeur. Je projetai la chaleur vers elle, tout en conservant une bulle de fraîcheur en dessous pour protéger la collection.

Elle ricana avec une joie diabolique.

— Je t'avais dit de ne pas me chercher, petite connasse pathétique. Tu aurais dû accepter mon offre quand tu en avais l'occasion. Je boirai tes larmes dans une flûte à champagne pendant que je chevaucherai la bite de *mon* Lidérc.

Cette fois, je ne pus retenir ma colère et elle se traduisit par un gigantesque jet de flammes. Angie haleta à nouveau, réalisant qu'il ne serait pas judicieux de rester plus longtemps. Faisant demi-tour, elle se hâta vers la porte pour sortir de l'atelier. Ne voulant pas la laisser s'échapper aussi facilement, j'étendis mes flammes en un poing de feu avec lequel je claquai la porte.

Angélique poussa un cri et tituba de quelques pas en arrière. Le choc fit rapidement place à la peur tandis que son esprit assimilait ce qui venait de se passer.

Alors que je reprenais ma forme démoniaque, je dirigeai les flammes pour encercler cette femme ignoble d'un anneau de feu. Elle se retourna et pâlit lorsque nos regards se croisèrent. Je n'avais pas besoin d'un miroir pour voir à quel point j'étais terrifiant à cet instant. Lorsque je partais au combat, chacune de mes cornes se divisait en deux et se couvrait de pointes acérées. Davantage de pointes mortelles se répandirent sur mes bras et d'autres parties de mon corps. Ma bouche s'élargit et se remplit d'innombrables dents cauchemardesques capables de transpercer le métal et broyer les os. Mais contrairement au scénario sexy avec ma femme, cette fois-ci, mon corps se recouvrit d'encore plus de pointes et mon visage devint encore plus cauchemardesque.

— Qu'est-ce que je t'avais dit, espèce d'idiote ? grognai-je d'un ton menaçant.

— Tu... tu ne peux pas être ici ! balbutia Angélique en secouant la tête dans un geste de dénégation tout en reculant d'un pas. Tu es parti ! Je t'ai vu partir avec elle !

— Et je suis revenu quand j'ai senti ton odeur nauséabonde à proximité, grondai-je en avançant lentement vers elle. Ne t'avais-je pas prévenue de ce qui arriverait si tu contrariais à nouveau ma Maîtresse ?

— Je suis désolée ! J'ai été stupide. J'étais juste blessée. J'ai passé tant de mois et d'efforts à essayer de me procurer ton œuf, puis encore plus de mois à essayer de te faire éclore. Ne vois-tu pas à quel point je te voulais ? Te voir enfin ici et appartenir à quelqu'un d'autre m'a fait perdre la tête. Je voulais juste t'avoir. Je suis désolée, dit-elle d'un ton suppliant tout en reculant autant que les flammes derrière elle le lui permettaient.

— Je me fiche de ce que tu voulais. Je t'avais prévenue de ce qui arriverait si tu recommençais. Maintenant, il est temps pour toi de récolter ce que tu as semé.

— NON ! cria-t-elle, la voix tremblante de peur. À part pour te nourrir, tu n'as pas le droit de faire du mal aux humains !

Je fis un geste dédaigneux de la main.

— J'ai le droit de protéger ma Maîtresse de ceux qui voudraient lui faire du mal. Tu as délibérément menacé son gagne-pain. Non seulement tu as pénétré par effraction dans sa maison, son refuge, avec de mauvaises intentions, mais tu as également osé souiller son image avec ton sortilège de glamour. RETIRE-LE, sale vermine ! criai-je.

— Je suis désolée ! s'exclama Angie, bredouillant l'incantation pour dissiper le charme. Je t'en prie, laisse-moi partir. Je promets de ne plus jamais faire de mal. Je prêterai un serment de sang promettant de ne plus jamais m'immiscer dans vos vies.

— Oh, tu ne le feras certainement plus. Je vais m'en assurer. Et ce, de façon permanente.

— Non ! Pitié !

Une véritable terreur s'empara d'elle lorsqu'elle vit les éclairs enflammés s'allumer sous ma peau et mes mains prendre une teinte rouge vif à mesure que mon pouvoir s'accumulait, prêt à être libéré. En entrant dans la maison sous l'apparence de Coral, Angélique avait renoncé à la seule chose qui aurait pu la protéger de ma colère. Personne ni aucun enregistrement ne pourrait prouver qu'elle était entrée ici. Une fois qu'elle aurait disparu, rien ne la relierait de quelque façon à ma Maîtresse.

Cette pauvre imbécile tenta de jeter un sort de protection — qui n'aurait de toute façon eu aucun effet contre moi. Elle hurla lorsque des cloques se formèrent immédiatement sur ses mains et sa bouche alors que je contrais son sort.

Un rire maléfique s'échappa de ma gorge.

— Sais-tu ce que l'on fait aux vilaines sorcières, petite Angélique ? demandai-je d'une voix mielleuse. On les brûle sur le bûcher. Mais dans ton cas, je devrais peut-être simplement te drainer et utiliser cette énergie supplémentaire pour élever davantage ma Maîtresse. Ce serait une justice poétique, tu ne crois pas ?

Sanglotant, Angélique supplia et implora dans un flot incessant de mots à peine intelligibles, prononcés à travers ses lèvres et sa langue couvertes de cloques.

Même si la drainer m'aurait effectivement donné un pouvoir supplémentaire à utiliser au profit de ma Coral, je ne voulais en aucun cas qu'Angie fasse partie de moi, sous quelque forme que ce soit.

— Personne ne te regrettera, dis-je alors que deux boules de feu commençaient à tourbillonner au-dessus de mes paumes ouvertes.

Juste au moment où j'allais les déchaîner sur cette damnée femelle, la porte de l'atelier s'ouvrit brusquement, nous surprenant tous les deux.

— Lidérc, arrête !

Abasourdi, je restai bouche bée devant l'élégante femme d'âge mûr qui se tenait au-delà des flammes, près de la porte.

Comment diable n'ai-je pas senti son approche ?

— Mme Hopkins ! s'exclama Angie, la voix pleine de choc et d'espoir.

CHAPITRE 9
CORAL

Assise dans ma voiture, complètement traumatisée, j'observai Vazul courir dans la ruelle, quelques instants avant qu'une flamme bleue ne jaillisse vers le ciel. Elle fila si vite que si je n'avais pas regardé dans cette direction, je l'aurais certainement manquée. On ne pouvait même pas voir Vazul clairement alors qu'il volait vers la maison. Au mieux, cela ressemblait à une tache floue.

Même s'il m'avait dit de poursuivre ma route, je ne voulais pas partir. Un gros tas de fumier puant était sur le point d'éclabousser tout le monde. Et je voulais être là pour empêcher que les choses ne dégénèrent au point de devenir irréversibles.

D'instinct, je sortis de la voiture et allai chercher les vêtements qu'il avait abandonnés. Je remontai dans mon véhicule et me rendis à l'épicerie la plus proche afin de pouvoir me garer sans trop attirer l'attention. Au moment où j'entrais dans l'aire de stationnement, mon téléphone émit un bip pour m'avertir d'une notification. Intriguée, je me dépêchai de trouver une place libre, mis le frein à main, puis sortis mon téléphone.

Mon cœur rata un battement lorsque je réalisai que c'était la caméra de mon entrée qui m'alertait qu'une personne s'approchait de la porte. J'affichai aussitôt l'image de la caméra sur mon téléphone. Me voir entrer dans ma propre maison me fit paniquer au-delà des mots. Évidemment, je compris qu'il s'agissait de quelqu'un – très probablement Angélique – utilisant un sortilège de glamour pour imiter mon apparence. Mais serait-elle assez audacieuse pour faire le sale boulot elle-même ? Aurait-elle pu tromper, amadouer ou contraindre l'un de ses lèche-bottes à faire le travail à sa place ?

Ma réaction instinctive fut d'appeler la police. Mais avant même d'avoir fini de composer le numéro, je m'arrêtai et réfléchis. Il y aurait trop d'explications à donner entre Vazul dans la maison sans papiers, Angélique peut-être encore sous l'effet du sortilège de glamour pour m'imiter, et les images de la caméra de sécurité.

Dès que nous étions initiés à cet art, on nous disait clairement que nous le paierions cher si nous dévoilions le monde secret dans lequel nous évoluions. Je raccrochai sans terminer l'appel et composai le numéro d'urgence du Conseil des Sorcières. À mon grand soulagement, le réceptionniste – un homme à la voix vraiment incroyable – répondit avant même la fin de la première sonnerie.

— Vous êtes en communication avec le Conseil. Comment puis-je vous aider ?

— Quelqu'un utilisant un sortilège de glamour s'est introduit chez moi. Je crains que les choses ne tournent mal entre cet intrus et mon familier, répondis-je.

— Ce numéro est-il votre ligne personnelle ? demanda l'homme.

— Oui.

— Très bien, Coral. Es-tu chez toi en ce moment ?

Cela me dérangeait toujours de voir la quantité d'informations que la société possédait désormais sur moi et sur tout le monde à partir d'un simple numéro de téléphone. Mais ce n'était pas le moment de s'attarder là-dessus.

— Non. Je suis dans l'aire de stationnement d'une épicerie à proximité, répondis-je avant de lui exposer rapidement la situation.

— Rentre chez toi et calme ton familier, m'ordonna-t-il. Quelqu'un sera là sous peu pour s'occuper de la situation. On s'attendait à quelque chose du genre.

J'ouvris la bouche pour lui demander ce qu'il voulait dire par là, mais il avait déjà raccroché. Pendant une fraction de seconde, j'envisageai de le rappeler, mais je me ravisai. Je retournai en vitesse à la maison, maudissant le trafic infernal qui semblait être sorti de nulle part. Pendant un instant, je contemplai la possibilité de laisser la voiture au bord du trottoir et de courir jusqu'à la maison. Évidemment, c'était une idée stupide, mais être coincée derrière un tas de voitures qui roulaient lentement me faisait me sentir impuissante, tandis que mon imagination fertile s'emballait.

Je connaissais trop peu les règles concernant les invocateurs et leurs serviteurs. Un familier avait le droit de causer du tort pour protéger son maître. Mais dans quelle mesure ? Jusqu'où Vazul irait-il ? Qu'est-ce qui serait considéré comme un usage excessif de la force ? Qu'est-ce que je serais prête à accepter qu'il fasse dans les circonstances actuelles ?

La réponse à cette question me vint à l'esprit avec une certitude qui me laissa pantoise. Même si je voulais qu'Angélique reçoive le châtiment qu'elle méritait, je ne voulais pas qu'elle subisse de dommages physiques, et encore moins mortels.

Je me garai enfin dans ma rue et vis deux femmes familières s'approcher de ma porte. Si je n'avais pas été assise dans ma voiture, je serais tombée à la renverse en voyant Mme Hopkins en tête, suivie de Myrtil, la Grande Prêtresse du cercle d'Angie.

Comment diable sont-elles arrivées ici aussi vite ?

Et surtout, que faisait Mme Hopkins ici ? La voir ouvrir ma porte d'entrée d'un simple geste de la main me sidéra encore plus. Comment avais-je pu ignorer qu'elle était également une sorcière ? La facilité avec laquelle elle avait ouvert la porte indiquait clairement qu'elle devait être extrêmement puissante. Le fait qu'elle ait été envoyée pour gérer cette situation indiquait également qu'elle occupait un rang très élevé au sein de l'organisation.

Je me garai dans mon entrée et courus vers la maison. Mon cœur se serra à la vue de la lueur rouge et orange vacillante typique de la lumière émise par un incendie. Les larmes me montèrent aux yeux à l'odeur de brûlé, même si mon cerveau s'interrogeait sur l'absence de fumée épaisse et sombre.

— Mme Hopkins ! entendis-je Angie appeler depuis l'intérieur de mon atelier, la voix empreinte à la fois de peur et de soulagement.

Je me précipitai dans le couloir et bousculai presque Myrtil pour évaluer l'étendue des dégâts causés à ce qui aurait dû être le début de ma carrière de rêve et la fondation de mon entreprise. Tant d'années de travail acharné et de sacrifices réduits en cendres à cause de la jalousie d'une enfant gâtée, malveillante et égocentrique.

Mon cerveau se figea lorsque je vis Vazul, l'air terrifiant, debout à quelques pas d'Angélique, un cercle de feu rageant autour d'elle et la maintenant prisonnière. Et tout autour d'eux, toute ma collection était intacte. Les seuls dégâts visibles semblaient concerner une partie de mon rouleau de papier d'emballage et une boîte vide carbonisée.

Je faillis pleurer de soulagement tandis que je restais là, trop stupéfaite pour parler ou réagir. En me voyant, Vazul éteignit immédiatement le feu qui brûlait en lui. Les boules de feu qui tourbillonnaient au-dessus de ses paumes ouvertes s'évanouirent et les stries lumineuses sous sa peau s'estompèrent. Son visage perdit son apparence démoniaque et redevint celui du beau mâle dont j'étais en train de tomber amoureuse, ses cornes se fusionnant à nouveau en une seule paire tandis que les pointes acérées de son corps se résorbaient dans sa peau.

Cette apparence monstrueuse aurait dû m'effrayer, mais ce ne fut pas le cas. J'étais seulement soulagée qu'il n'ait pas eu l'occasion de déchaîner la fureur qu'Angélique avait attirée sur elle-même. À mon encore plus grand soulagement, Vazul dissipa le cercle de feu qui retenait mon ennemie.

Elle tenta immédiatement de courir vers la sortie de l'atelier, mais d'un simple geste de la main, Mme Hopkins la figea sur place. En vérité, figer n'était pas tout à fait le terme approprié. Ce fut plutôt comme si elle avait heurté un mur invisible, titubé en arrière, puis vu ses pieds se bloquer sur place. Elle semblait toujours contrôler le reste de son corps.

L'expression stupéfaite qui s'afficha sur son visage – similaire à la bouche béante d'un poisson hors de l'eau – correspondait sans aucun doute à la mienne. Toutefois, mon esprit stupide continuait à imaginer plutôt un Pikachu en état de choc. Myrtil se tenait là, silencieuse, l'air à la fois furieuse et abattue.

Que se passe-t-il, bon sang ?

— Je suis la Grande Sorcière Examinatrice du Conseil, dit Mme Hopkins d'une voix assez froide pour nous renvoyer directement à l'ère glaciaire. De graves accusations ont été portées contre vous, Angélique Delaney. Et votre présence ici semble confirmer leur véracité.

La Grande Sorcière Examinatrice du Conseil ?!

Dans d'autres circonstances, je serais à nouveau tombée sur les fesses sous le choc. Comment avait-elle pu nous tromper pendant tout ce temps ? Comment Angie et Sophia n'avaient-elles pas su à qui nous avions affaire ? Mais Angie se remit à déblatérer, balayant toutes ces pensées vagabondes de mon esprit.

— Il a essayé de me tuer pour me faire taire ! s'écria Angélique en pointant un doigt accusateur vers Vazul, tout en affichant une expression traumatisée et effrayée digne d'un Oscar.

— Quoi ? Te faire taire à propos de quoi ? Tu t'es introduite chez moi par effraction ! m'écriai-je, indignée.

— Et puis, par jalousie et par malice, elle a tenté de mettre le feu à la collection de miniatures de ma Maîtresse, dit Vazul, la voix chargée de colère et de mépris.

Il me tendit la main et je m'approchai de lui sans hésiter. Il m'attira contre lui de manière possessive et je fondis instantanément, me sentant en sécurité et protégée, malgré la situation chaotique dans laquelle nous nous trouvions.

— C'est un mensonge ! s'écria Angélique. Coral m'a invitée et m'a piégée. J'aurais dû me douter qu'il y avait quelque chose de louche. Nous nous sommes disputées hier après que je l'aie confrontée au sujet du vol de mon Lidérc. Elle savait que je n'allais pas laisser passer un tel crime. Je l'ai avertie que je signalerais son vol au Conseil. Elle a donc pris les devants pour m'en empêcher en me tendant un piège diabolique !

Je la fixai, médusée par tant d'audace. Le plus choquant était la facilité avec laquelle elle déversait ces mensonges. Elle le faisait avec tant d'aisance et de conviction que je serais tombée dans le piège si je n'avais pas été la victime de ces calomnies.

— C'est complètement faux ! m'écriai-je, recouvrant enfin la voix. Je n'ai rien fait de tel. En fait, Vazul l'a avertie de rester loin de nous. Elle est venue ici hier pour exiger que je le lui remette. Mais elle n'a aucun droit de réclamer ce qui ne lui a jamais appartenu. Non seulement Angélique a jeté son œuf, mais il n'a jamais éclos pour elle.

— Tu l'as volé avant que je ne puisse le faire ! m'interrompit Angélique d'un ton de vierge offensée. Sinon...

— SILENCE ! cria Mme Hopkins.

Sa voix retentit comme un coup de tonnerre. Je me sentis rapetisser. Même mon démon sembla impressionné, pour ne pas dire intimidé. Le regard méprisant qu'elle lança à Angélique la fit se recroqueviller. Même si je la détestais, je ne pus m'empêcher de ressentir presque de la pitié – pour ne pas dire de l'inquiétude – à son égard. Ce regard de Mme Hopkins aurait pu incinérer n'importe qui sur place.

— Coral n'a rien volé, dit Mme Hopkins d'un ton glacial. C'est *moi* qui lui ai donné l'œuf que vous aviez abandonné. Je vous avais prévenue à maintes reprises de venir récupérer ce que vous aviez laissé. Vous avez choisi de renoncer à vos affaires, sachant que si elles n'étaient pas récupérées avant cette date, elles seraient jetées. Et pourtant, vous n'avez rien fait, l'obligeant à s'en charger.

— Elle est venue les récupérer pour moi ! siffla Angélique.

— Elle est venue les récupérer pour éviter de payer la pénalité de nettoyage, rétorqua Mme Hopkins. Votre refus répété de récupérer ces objets les rendait libres d'être pris, donnés ou jetés, y compris cet œuf. Ce que Coral en a fait après que vous ayez montré un tel mépris ne dépendait que d'elle. Mais même dans ce cas, vous n'auriez toujours aucun droit sur le Lidérc. Il n'a pas éclos pour vous.

— C'est injuste ! s'écria Angélique. C'est moi qui l'ai payé !

— Alors vous n'auriez pas dû l'abandonner. Cette affaire est close, dit Mme Hopkins d'un ton dédaigneux avant de jeter un coup d'œil autour de la pièce. Poursuivons avec le second point. Que faites-vous ici ? Quel est le but de votre présence ? Et pourquoi y avait-il un incendie à notre arrivée ?

— Elle a essayé de brûler la collection de ma maîtresse pour lui nuire. Elle a disposé tous ces objets inflammables près de la cheminée pour faire croire à un accident, dit Vazul d'une voix sévère.

— C'est un mensonge ! C'est un piège abject, un piège destiné à assurer ma ruine parce que j'ai menacé de dénoncer son vol devant le Conseil ! Elle m'a invitée ici sous le faux prétexte de discuter de la situation afin que nous puissions parvenir à un accord à l'amiable. Pourquoi serais-je venue ici sinon ? Tout mon cercle et mes autres amis étaient chez moi il y a quelques jours et ont vu la magnifique collection que je possède. Sa collection ne représente aucune menace pour moi. *Elle* ne représente aucune menace pour moi. Je n'ai aucune raison de vouloir détruire tout ceci. Je veux simplement récupérer ce qui m'appartient de droit, rétorqua Angélique d'un ton passionné.

Une fois de plus, si je n'avais pas été la cible de ses mensonges, je me serais peut-être laissée berner par son jeu d'actrice.

— Si je t'ai vraiment invitée, pourquoi es-tu entrée dans ma maison avec un sortilège de glamour pour te faire passer pour moi ? arguai-je. Si tu étais attendue, tu serais simplement entrée avec ton apparence normale.

— Je n'ai rien fait de tel !

— Bien sûr que si ! rétorquai-je en sortant mon téléphone. Ma caméra a filmé ton arrivée. C'est pour ça que j'ai appelé le Conseil, parce que je savais que tu mijotais quelque chose.

— Et ce n'est pas la seule vidéo de toi, dit Vazul avec une joie malicieuse avant de faire un geste vers l'étagère dans le coin de l'atelier. J'ai installé la caméra de Coral juste avant que tu n'entres. Tout ce que tu as fait et dit est ici, accessible à tous.

— Putain, tu es génial ! murmurai-je en regardant mon démon avec émerveillement.

— Vous, les mortels, et votre technologie rendez les choses bien plus intéressantes qu'autrefois, dit Vazul d'un ton amusé.

Je l'embrassai sur la joue et courus vers mon ordinateur portable pour afficher les images de la caméra. Pendant les quelques secondes que cela prit, Angélique débita toutes sortes d'excuses et d'explications bancales sur ce qui s'était réellement passé. Mais plus personne ne l'écoutait.

Nous regardâmes l'enregistrement avec une incrédulité totale. Aucun mot ne pouvait décrire la profondeur de la colère qui monta en moi. À cet instant, je regrettai presque que la Grande Sorcière Examinatrice soit intervenue quand elle l'avait fait. Quelques secondes de plus, et je ne doutais pas que Vazul aurait réduit cette garce sournoise en un tas de cendres. Normalement, je ne prônerais pas la violence. Mais Angie méritait tout cela et plus encore.

Cela aurait été une punition trop brève et trop rapide.
Cela aurait certainement été le cas. Angie méritait de vivre uniquement pour pouvoir subir les conséquences de ses actes. Et à en juger par le regard que Mme Hopkins lui lançait, ma douce petite ennemie n'allait définitivement pas s'en tirer à bon compte.

— Ce n'est pas ce que vous croyez, balbutia Angie, le visage de craie tant elle était pâle. C'est...

— Assez, pauvre idiote, l'interrompit Mme Hopkins d'un ton sévère. Dès que le Lidérc a éclos, j'ai su que vous alliez faire une bêtise. Nous avons ressenti son entrée dans ce monde. Nous sommes restées à l'écart et avons observé, sachant que votre cupidité et votre croyance que tout vous est dû vous pousseraient à enfreindre les règles. Pourquoi pensez-vous que nous sommes arrivées si rapidement ?

Angélique lança un regard trahi à sa Grande Prêtresse. Myrtil détourna les yeux, d'innombrables émotions contradictoires traversant son visage. Bien que cela ne fût jamais prouvé, la rumeur disait qu'elles étaient apparentées. Cela aurait expliqué pourquoi elle avait laissé Angie s'en tirer avec tant de choses qui auraient autrement valu à celle-ci d'être exclue du cercle. Cependant, indifféremment des liens de sang, Myrtil ne pouvait pas aller à l'encontre du Conseil pour protéger sa parente. Elle aurait été tenue au secret dès l'instant où elle avait été informée de l'enquête. Si elle avait prévenu Angie, la Grande Prêtresse aurait été elle-même confrontée à une tempête monumentale en ce moment même.

— Notre travail consiste à anticiper les risques qui pourraient nous exposer, poursuivit Mme Hopkins sans pitié. Votre ego et votre cupidité menaçaient justement de le faire. Nous avons également des règles très strictes contre l'abus de nos pouvoirs pour nuire à d'autres membres de notre communauté. Vous avez enfreint ces règles. Par conséquent, vous devrez répondre de vos crimes devant le Conseil.

— Elle ne fait pas partie de notre communauté ! s'écria Angélique, la voix teintée de panique, de colère et d'indignation. Coral n'appartient même pas à un cercle. Elle ne peut pas prétendre à la protection du Conseil !

— Même si elle est novice, elle n'en reste pas moins une sorcière, rétorqua Mme Hopkins d'un ton qui ne souffrait aucune contradiction. En tant que sorcière plus âgée et l'une des deux personnes qui l'ont initiée à la sorcellerie, vous aviez le devoir de la protéger, pas de la miner. Qu'elle appartienne ou non à un cercle n'a aucune importance. Coral nous connaît et est connue de nous. En fait, si vos plans malveillants n'avaient pas fait dérailler son horaire, elle serait à notre siège social en ce moment même pour formaliser les documents relatifs à son Lidérc.

Elle se tourna ensuite vers Myrtil et lui fit signe de s'approcher. Je n'avais jamais vu la Grande Prêtresse aussi humble, aussi diminuée. Même si elle avait suivi les règles en ne protégeant pas indûment Angélique, j'étais convaincue qu'elle s'était fait réprimander pour toute cette situation avant de venir ici. Et mon instinct me disait qu'elle allait encore se faire sermonner après coup, maintenant que leurs soupçons étaient confirmés.

— Angélique Delaney, vous avez prouvé que vous étiez téméraire et dangereuse, dit Mme Hopkins d'un ton solennel. Par conséquent, jusqu'à votre procès, vous serez dépouillée de vos pouvoirs.

Je restai bouche bée.

— Quoi ?! s'exclama Angélique, horrifiée.

L'ignorant, la Grande Sorcière Examinatrice jeta un coup d'œil à Myrtil.

— Mets un collier à ta sorcière, dit Mme Hopkins en lui faisant signe de la tête de procéder.

— Non ! Vous ne pouvez pas faire ça ! Savez-vous qui je suis ?! s'écria Angie.

— Assez, pauvre sotte, siffla enfin Myrtil entre ses dents. Tu as déjà assez d'ennuis comme ça. N'empire pas les choses. Tu auras ton procès pour te défendre.

J'étais incapable de dire s'il s'agissait d'une preuve du lien du sang qui les unissait ou si Myrtil tentait simplement de limiter les dégâts. Comme ce scandale impliquait une sorcière de haut rang dans son cercle, les rumeurs et les conséquences auraient un impact négatif sur tous ses membres. Je ne doutais pas que Myrtil se battrait bec et ongles pour obtenir la clémence pour Angie. Même si j'étais la partie lésée, en raison de la nature du crime, je ne pouvais pas demander unilatéralement l'abandon des poursuites. C'était désormais l'affaire du Conseil. Leurs règles avaient été enfreintes. Et à en juger par l'attitude de Mme Hopkins, elle voudrait faire un exemple d'Angélique.

Pour la deuxième fois aujourd'hui – ce qui ne m'était pas arrivé depuis très longtemps – j'eus pitié d'elle.

Angie tenta tout de même de résister lorsque la Grande Prêtresse lui passa un collier de fer autour du cou. Il n'était pas très sophistiqué, mais suffisamment fin pour être porté confortablement avec n'importe quelle tenue, et même pour dormir. Les symboles runiques qui lui conféraient son pouvoir de neutralisation magique lui donnaient même un certain style. Pour un profane, ce n'était qu'un accessoire plutôt cool.

Une fois cela fait, Myrtil escorta Angie hors de l'atelier. Pour la première fois depuis plus d'un an que je la connaissais, je vis de véritables larmes monter aux yeux d'Angélique et couler sur ses joues. Je ne pouvais même pas imaginer ce que pouvait représenter la perte de ses pouvoirs pour quelqu'un comme elle, dont toute l'estime de soi reposait sur sa magie et tout ce qui la rendait supérieure aux autres. Cette punition était à elle seule un coup dévastateur pour Angélique. Savoir que ce n'était que la pointe de l'iceberg mettait mon empathie à rude épreuve.

Dès qu'elles furent sorties de la pièce, Mme Hopkins se retourna vers moi. Cette femme était vraiment intimidante. Mon côté rationnel – doté d'un sens aigu de l'instinct de conservation

– voulait se recroqueviller devant elle et rester silencieux jusqu'à ce qu'elle donne d'autres instructions. Mais mon autre côté, plus audacieux – qui s'était progressivement épanoui grâce au soutien et à la présence réconfortante de mon démon – décida de prendre la parole.

— Les sacs n'étaient pas trop pleins, n'est-ce pas ? demandai-je d'un ton provocateur. Vous avez mis cet œuf sous mon aisselle exprès, n'est-ce pas ?

Le sourire suffisant qu'elle afficha confirma mes soupçons. Même si cette pensée m'avait traversé l'esprit à plusieurs reprises depuis l'éclosion de Vazul, j'étais tout de même renversée à l'idée d'accepter cette réalité que j'avais été trop aveugle pour voir pendant plus d'un an.

— Tu as toujours été la plus adéquate, dit Mme Hopkins en haussant les épaules. Mais tu as besoin de meilleures amies. Ce cercle n'est qu'un nid de vipères. Tu n'as pas ta place là-bas. Sophia est assez correcte, mais les autres sont des vautours. Mes paroles ne te surprennent pas. C'était tellement évident que tu n'as fait aucun effort pour les rejoindre. Une décision intelligente, sauf que tu as négligé de travailler ton art.

Je me dandinais d'un pied sur l'autre, embarrassée. Comment cette femme parvenait-elle à me faire sentir aussi facilement comme une enfant désobéissante se faisant réprimander par son professeur ? Vazul me caressa le dos de manière apaisante tout en gardant les yeux rivés sur la Grande Sorcière Examinatrice.

— Tu dois travailler ta magie et rejoindre un cercle. Tu ne peux pas rester aussi ignorante, surtout que ta maison n'est pas protégée, poursuivit Mme Hopkins d'un ton sévère, l'air peu impressionné, le nez froissé, en jetant un coup d'œil autour de la pièce. Il n'y a pas un seul sort de protection en vue. Si tu avais fait le travail de base, le feu qu'Angie avait destiné à ta maison n'aurait eu aucune chance. En fait, son glamour et son sort de serrurerie n'auraient eu aucun effet.

— Elle a recommencé à apprendre de nouveaux sorts, intervint Vazul, d'un ton légèrement défensif, tout en resserrant son bras protecteur autour de moi.

Putain, j'aurais pu l'embrasser sur-le-champ.

— Oui, c'est vrai, acquiesçai-je timidement.

Le sourire amusé que Mme Hopkins adressa à Vazul avant de me regarder adoucit son visage d'une manière que je n'avais jamais vue auparavant.

— Je suis ravie de l'entendre. Je t'attends à mon temple le lendemain de la convention. Nous ferons quelque chose de toi, dit-elle d'un ton impérieux tout en me jetant un regard évaluateur.

— Quoi ?! m'écriai-je, abasourdie.

— Tu m'as bien entendue, jeune fille. Je t'enverrai les coordonnées sous peu. Sois à l'heure et ne me déçois pas, dit-elle d'un ton sévère.

Je restai là, bouche bée, l'esprit en ébullition. On ne recevait pas une invitation aussi désinvolte à rejoindre un cercle, surtout pas celui dont la Grande Prêtresse – que je supposais être Mme Hopkins – était également une personne très haut placée au sein du Conseil des Sorcières. On n'occupait pas un tel poste sans être extrêmement puissante. Le fait qu'elle invite quelqu'un comme moi était un immense compliment. Normalement, il fallait supplier, ramper et passer des mois, voire des années, à essayer de prouver sa valeur avant que quelqu'un comme elle daigne nous accorder un peu de leur temps.

Son visage s'adoucit à nouveau et elle sourit d'une manière presque maternelle, ce qui me donna encore plus le tournis que les changements brusques de Vazul, qui passait d'une honnêteté sauvage à une douceur divine.

— Il ne t'a fallu que quelques heures pour faire éclore un Lidérc qui avait refusé tous les autres aspirants pendant des années. Angie n'était pas la première propriétaire de cet œuf, dit Mme Hopkins d'une voix douce. Et en peu de temps à tes côtés, tu as gagné sa loyauté totale et inébranlable. Cela prouve ta valeur, bien plus que n'importe quel test ou épreuve que je pourrais te faire subir. Ne sois pas en retard.

Sur ces mots, la Grande Sorcière Examinatrice — et désormais, apparemment, ma toute nouvelle Grande Prêtresse — fit demi-tour et quitta la pièce.

— Je t'avais dit que tu étais la meilleure, dit Vazul d'un air suffisant.

— Non, Vazul. C'est toi qui l'es.

— Ça aussi, abonda-t-il.

Je gloussai, lui donnai une tape amicale sur l'épaule et levai le visage pour recevoir son baiser.

ÉPILOGUE
CORAL

L a convention de trois jours remporta un franc succès. Le nombre de personnes qui firent la queue devant mon stand me dépassa presque. Je m'étais attendue à recevoir ma part d'attention, non seulement grâce à mes pièces maîtresses, mais surtout parce que Vazul avait élevé ma vision au-delà de tout ce que j'aurais pu imaginer. La perfection de son travail impressionna tout le monde. Tout semblait encore plus beau dans la réalité que dans mon imagination.

Tout au long de l'événement, Vazul me réprimanda lorsque je tentais de lui attribuer du mérite. Je ne comprenais pas pourquoi cela l'énervait autant, alors que je voulais simplement lui donner son dû. À ses yeux, je minimisais ma propre contribution. À une certaine époque, il aurait eu raison. Mais depuis qu'il était entré dans ma vie, même si cela ne faisait que peu de temps, Vazul m'avait vraiment aidée à devenir plus affirmée et à reconnaître ma valeur. C'était précisément parce que j'avais enfin assumé mon côté plus assuré que je pouvais si facilement partager la gloire et les éloges.

Je n'avais pas besoin de monopoliser toutes les louanges, car ma propre contribution parlait d'elle-même. Toute cette collection était ma vision, ma création. J'en avais personnellement réalisé plus de 95 % avant qu'il n'intervienne. Même si Vazul avait corrigé et amélioré les éléments les moins réussis, il n'avait pas tout refait. En fait, si l'on devait quantifier le tout, il avait peut-être retouché, modifié ou carrément recréé à peine 10 % de l'ensemble du projet.

Mais ces corrections avaient eu un impact incroyable. Et cela devait être souligné.

À bien des égards, c'était comme avoir la séance photo parfaite pour la campagne marketing la plus intelligente de tous les temps, puis avoir une énorme faute de frappe sur le panneau d'affichage géant. Peu importait que tout le reste soit brillant. La seule chose que les gens voyaient et dont ils parlaient, c'était cette fichue faute de frappe.

Sans la touche magique de mon démon, je n'aurais pas reçu une réponse aussi phénoménale. À ma grande joie et à mon grand désarroi, tout se vendit si vite que je passai la dernière journée de l'événement avec un stand presque vide, proposant un catalogue et des photos de mon œuvre à ceux qui avaient manqué tous les articles physiques. Heureusement, l'acheteur de ma table basse accepta de ne venir la chercher qu'à la fin de la convention.

À elle seule, cette pièce me rapporta la majorité de mes ventes. Évidemment, la plupart des gens n'auraient pas pu se l'offrir. Mais ils l'aimaient tellement qu'ils voulaient au moins pouvoir se vanter de posséder un objet décoratif créé par l'auteure de la « Table basse de la rue hantée » ou de la « Table super cool », comme les participants avaient pris l'habitude de l'appeler.

Le plus étonnant dans tout cela, c'était de voir Vazul me vanter sans cesse auprès des personnes qui visitaient notre stand. Mon cerveau comprenait que, en tant que mon Lidérc, il était génétiquement programmé pour faire tout ce qui était en son pouvoir pour me faire briller. Mais je croyais viscéralement qu'il ne le faisait pas seulement par devoir, mais parce qu'il croyait sincèrement à tout ce qu'il disait.

De toute ma vie, je ne m'étais jamais sentie aussi soutenue que par lui. Il croyait en moi et voyait en moi une beauté que je n'avais jamais soupçonnée, mais que je commençais résolument à accepter de tout cœur.

La cerise sur le gâteau, c'étaient les innombrables commandes personnalisées et les offres de collaboration sur des projets cinématographiques que les participants firent pleuvoir sur moi. J'avais espéré obtenir au moins quelques commandes pour me permettre de tenir le coup pendant les premiers mois suivant l'ouverture de ma boutique. Au lieu de cela, j'eus tellement de commandes que je pus choisir celles que je voulais vraiment réaliser et même refuser celles qui ne m'inspiraient pas ou qui ne pouvaient tout simplement pas s'intégrer dans un calendrier raisonnablement réalisable.

Les collaborations sur des projets cinématographiques furent les plus difficiles à décider. Le simple fait de pouvoir se vanter d'y avoir participé aurait incité n'importe qui à accepter sans hésiter. Bon nombre de ces projets semblaient passionnants et très lucratifs. Cependant, après mûre réflexion, je décidai de les refuser. Même si je ne doutais pas de ma capacité à les mener à bien, j'avais l'opportunité de me consacrer à mes propres projets sur-mesure ou privés. Travailler sur des plateaux de tournage impliquait des horaires impossibles, des revirements constants dans la direction artistique et une créativité bridée par les besoins et les exigences du film. Dans la plupart des cas, aucune négociation n'était possible. Même si on n'était pas d'accord avec la direction donnée, on n'avait d'autre choix que de s'y conformer.

À ma grande surprise et confusion, je découvris qu'Angie s'était retirée de l'événement. Cela me déconcerta. Sa collection était très belle et aurait probablement été vendue en totalité. En attendant son procès, elle était toujours autorisée à poursuivre ses activités comme d'habitude. Ce salon n'avait aucun lien direct avec le Conseil des Sorcières. Même si elle avait initialement tenté de saboter ma propre participation, le Conseil n'avait pas le pouvoir de lui interdire d'assister à un événement professionnel organisé par des profanes. Alors pourquoi s'être retirée ? Était-ce par honte ? Était-elle encore trop en colère pour se montrer en public, et surtout près de moi ?

Son absence inattendue alimenta d'innombrables spéculations, surtout au vu de l'excuse ridiculement boiteuse qu'elle avait donnée. Cette pauvre sotte avait prétendu que, ayant atteint un âge très avancé, son animal de compagnie était mourant. Elle devait donc rester à ses côtés pendant ses dernières heures. Les personnes possédant des animaux de compagnie auraient sans aucun doute pris son parti. Mais la communauté savait déjà que son chat noir Merlin se portait très bien, et elle n'avait jamais mentionné en avoir un autre.

Quoi qu'il en soit, rester chez elle à bouder dans son coin était sa perte, pas la mienne.

Et en matière de pertes, la chère Angélique était sur une bonne lancée. En plus de ne jamais avoir obtenu Vazul, elle reçut le genre de jugement rapide et brutal que tout le monde redoutait. Non seulement Myrtil la chassa de son cercle, mais le Conseil déclara qu'Angie resterait sous collier pendant une année entière et serait soumise à une période de probation de trois ans. Si elle récidivait pendant cette période, elle serait définitivement interdite d'utiliser ses pouvoirs. Son seul espoir serait alors de fuir le pays. Comme les cercles communiquaient à l'échelle internationale, à moins qu'elle ne trouve un cercle rebelle prêt à lui accorder l'asile, quiconque la trouverait la mettrait au collier.

Même si j'étais la partie lésée, je trouvai le jugement un peu excessif, d'autant plus qu'aucun dommage réel n'avait été causé. Cependant, je comprenais qu'ils voulaient faire d'elle un exemple. Comme elle avait été une figure très en vue dans notre milieu, cela renforçait d'autant plus l'idée que personne n'était à l'abri d'une discipline brutale en cas de violation des règles. Cela devait être dévastateur pour Angie de passer du statut de « coqueluche » à celui de paria.

Elle finit par quitter la ville pour recommencer une nouvelle vie, loin du poids de la honte qui pesait sur ses épaules. Malheureusement pour elle, la nouvelle se répandit rapidement et elle eut du mal à trouver un nouveau foyer. Angie essaya même d'acheter un nouvel œuf de Lidérc, mais personne ne voulut lui en vendre.

Et c'était une bonne chose.

La colère me brûlait encore les tripes chaque fois que je repensais aux horribles plans qu'elle avait prévus pour mon démon si elle était parvenue à le récupérer. Je n'avais aucun doute que si elle réussissait d'une manière ou d'une autre à acquérir un Lidérc, elle mettrait son plan à exécution, et irait peut-être même plus loin. En fait, mon instinct me disait que si un jour aussi terrible venait à se produire, Angie serait d'autant plus abusive envers son démon pour se venger de l'humiliation et du rejet qu'elle avait subis de la part de Vazul.

Mais heureusement, elle n'était plus mon problème. Tout ce que je pouvais dire à son sujet, c'était « bon débarras ».

Entre-temps, je finis par rejoindre le cercle de Mme Hopkins. Je fus époustouflée de découvrir à quel point elle était une Grande Prêtresse géniale. Derrière cette apparence stricte et excessivement raffinée se cachait la femme la plus adorable qui soit, à condition de rester dans le droit chemin.

À mon grand dam, alors qu'elle était prête à accueillir Sophia dans le cercle, mon amie déclina respectueusement l'invitation. Comme Angie, Sophia aspirait également au pouvoir, même si elle souhaitait l'acquérir de manière éthique. Un cercle comme celui dirigé par Myrtil correspondait mieux à ses ambitions et à la vitesse à laquelle elle pouvait acquérir ce pouvoir.

Mme Hopkins s'adressait davantage aux sorcières vertes, celles qui s'intéressaient à la magie pratique et naturelle plutôt qu'à celles qui recherchaient la puissance brute et les capacités offensives. Cela correspondait tout à fait à mes aspirations et je me sentis rapidement chez moi au sein de son cercle. J'étais enfin entourée de personnes partageant les mêmes idées et heureuses d'offrir leur soutien par camaraderie plutôt que comme paiement anticipé en échange d'une faveur ultérieure.

Quant à mon démon, Vazul continuait à râler et à se plaindre de mes efforts pour faire de lui mon associé. Comme je me l'étais précédemment promis, je ne le forcerais pas, mais je continuerais sans vergogne à le pousser dans cette direction. Au moins, il avait cessé de se plaindre du fait que je l'avais officiellement inscrit sur la liste de paie et que je lui versais un salaire très confortable.

Même s'il appréciait d'avoir les moyens de m'emmener dans tous les lieux de divertissement humains, il avait encore du mal à accepter l'idée que c'était moi qui payais son salaire. Ce n'était pas par misogynie mal placée. Cela le dérangeait simplement de me gâter avec mon propre argent.

— Tout d'abord, ce n'est pas mon argent, c'est l'argent de mon entreprise qui te paie, lui dis-je d'un ton taquin. Et si tu étais associé, ce serait l'argent de notre entreprise. Donc...

Il me fit une grimace et marmonna quelque chose d'incompréhensible.

— Râle et marmonne autant que tu veux, dis-je d'une voix chantante et moqueuse. Tôt ou tard, tu finiras par céder. Et si tu ne cèdes pas, tant pis. Je n'aurai peut-être qu'à demander à Frédéric, ce comptable sexy qui semble très désireux de m'aider à développer mon entreprise.

Avant même que je ne finisse ma phrase, Vazul fit apparaître l'un de ses tentacules enflammés, l'enroula autour de ma taille et me tira brusquement vers lui, le regard furieux. Je gloussai de manière effrontée en m'écrasant contre lui. Il me tint avec une possessivité qui me fit frissonner de plaisir, même s'il me fusillait du regard.

— Si ce misérable s'approche de toi, je vais le drainer, l'incinérer et utiliser ses cendres comme éléments décoratifs pour tes prochaines miniatures. Ce sera ça sa contribution à la croissance de ton entreprise, siffla-t-il.

— Tu es tellement sexy quand tu es jaloux, ronronnai-je en battant les cils de manière éhontée.

— Je ne partage pas ce qui m'appartient, grogna-t-il, ses lèvres à un cheveu des miennes. Je devrais peut-être te rappeler pourquoi aucun partenaire ne sera jamais meilleur pour toi que moi.

— Hmmm, tu le devrais peut-être, en effet. Avec toutes les commandes que nous avons dû honorer ces derniers temps, mes souvenirs de tes compétences non liées à la fabrication de miniatures commencent à s'estomper, dis-je en faisant la moue, mon index traçant l'aréole de son mamelon droit.

Le sourire prédateur qui s'étira sur ses lèvres fit instantanément faire des saltos à mon estomac. Il jeta un coup d'œil à ma droite, vers une commode sur laquelle nous étions en train de mettre la touche finale. Les meubles grandeur nature avec des éléments miniatures intégrés étaient devenus notre activité principale. Ceux qui comportaient des inserts interactifs ou des animations alimentées par la magie faisaient fureur. Et celui-ci ne ferait pas exception.

— Cette commode semble assez solide maintenant. Nous devrions peut-être la tester pour nous en assurer, dit Vazul d'un ton suggestif.

— Absolument pas ! m'écriai-je, choquée. Pas d'activités coquines sur la marchandise !

Il grimaça et me regarda comme si j'étais la plus grande rabat-joie qui soit.

— Nous avons déjà testé toutes les autres surfaces de la maison, se plaignit-il.

— Alors fais preuve de créativité et trouve de nouvelles façons de les utiliser, dis-je en haussant les épaules. Après tout, les Lidércs ne sont-ils pas de meilleurs démons sexuels que les Incubes ?

— Si, nous le sommes ! répondit-il, l'air un peu vexé.

— Alors prouve-le !

— Avec plaisir !

— Attends ! Mais pas avec quelque chose de bizarre cette fois-ci. Voyons voir à quel point tu peux être doué pour faire les choses de manière plus traditionnelle, dis-je d'un ton provocateur, m'attendant à ce qu'il pique une crise.

À ma grande surprise, il me dévisagea en plissant les yeux, et un lent sourire se dessina sur ses lèvres pulpeuses.

— Défi accepté, dit Vazul d'une voix grave.

Mon démon me souleva et me porta comme une mariée, au lieu de me tenir face à face, mes bras et mes jambes enroulés autour de lui, comme il le faisait habituellement. Une partie de moi se sentait flouée car nous nous embrassions généralement tout au long du trajet jusqu'à l'endroit où nous allions nous livrer à nos ébats. Sentir son membre durcir contre mon ventre pendant qu'il me portait était également un moment précieux de nos préliminaires. Et pourtant, il y avait quelque chose de possessif et de romantique dans la façon dont il me tenait, presque comme un trésor qu'il ramenait dans son antre.

Sauf que j'étais déjà trop excitée pour attendre tranquillement que nous arrivions à destination. Je ne saurais dire quand j'étais devenue une maniaque assoiffée de sexe, mais j'acceptais de tout cœur cette nouvelle moi avec mon « homme ».

Je me penchai en avant et effleurai son cou de mes lèvres, le mordillant tandis que ma main parcourait ses abdominaux fermes. Sa poitrine vibra d'un grondement tandis que son ventre se contractait sous mes caresses.

Une partie de moi regrettait d'avoir lancé ce défi. Ce n'était pas parce que je souhaitais que nous nous livrions à l'un de ces scénarios sauvages et débridés dont il m'avait régalée. J'étais en fait d'humeur à quelque chose d'un peu plus traditionnel, si cette expression avait un sens. Mais il considérerait cela comme un signe que je voulais qu'il prenne le dessus. Étant naturellement dominant, Vazul essayait toujours de prendre le contrôle de nos ébats. Mais cette fois-ci, je voulais m'amuser un peu avec lui avant de lui céder les rênes.

Je ne savais pas combien de ces pensées mon démon déchiffrait en lisant mes émotions. Il ne pouvait pas lire dans les pensées comme ça, mais il pouvait apercevoir des images fixes de choses que nous imaginions dans nos têtes, que nous avions vues ou sur lesquelles nous nous concentrions. C'était ainsi qu'il savait toujours exactement quelle était ma vision pour l'un de mes meubles ou l'une de mes miniatures.

Je lui jetai un coup d'œil, et ses yeux rouges me fixèrent avec une intensité qui me fit me sentir mise à nue. Son visage était indéchiffrable, à l'exception d'un sourire discret qui semblait promettre à la fois l'enfer et le paradis.

Vazul entra dans notre chambre et me déposa délicatement sur le lit. Je me débarrassai de mes chaussures d'un coup de pied tandis qu'il grimpait sur le matelas et rampait au-dessus de moi. Avant qu'il ne puisse s'allonger sur moi, je poussai son épaule gauche, le forçant à se mettre sur le dos, puis je montai sur lui.

— Je veux te faire des choses coquines, murmurai-je, mes paumes posées sur ses épaules, le clouant au lit.

— Bien sûr, Maîtresse. Je suis à ta disposition pour que tu me fasses tout ce que tu désires... pour l'instant, répondit-il d'une voix grave, la lueur dans ses yeux rouges s'intensifiant.

Je lui avais demandé de ne plus m'appeler ainsi, car je ne voulais pas que notre relation ait cette connotation de maître et serviteur. Même si le lien magique qui nous unissait nous définissait techniquement comme tels, je croyais au libre arbitre. Nous pouvions établir nos propres règles, et notre relation était un partenariat. Vazul était mon petit ami — et franchement, la personne avec laquelle je me voyais construire une vie à long terme — pas mon esclave.

Bien que cela lui eût d'abord paru étrange, il respectait ma demande dans nos interactions quotidiennes. Mais dans la chambre à coucher, chaque fois que je prenais le rôle dominant, il m'appelait Maîtresse, comme un garçon obéissant. Et j'adorais ça ! Dans ce cas, il s'agissait simplement d'un jeu de rôle et d'un échange de pouvoir consensuel. C'était le type de dynamique que je souhaitais entre nous.

— Bon garçon, murmurai-je avec un sourire triomphant.

Je repris possession de ses lèvres, mes mains glissant sur son torse nu. À la maison, Vazul se promenait toujours nu, à l'exception d'un short. En fait, il avait développé une prédilection pour les kilts et les jupes gothiques pour hommes, longues jusqu'à mi-cuisse. Évidemment, sans sous-vêtements en dessous, comme c'était le cas à cet instant précis. Le démon avait admis sans vergogne que cela accélérait le processus pour répondre à mes besoins lorsque je voulais un petit coup rapide.

Même si cela me faisait rougir d'être ainsi dénoncée, je ne pouvais nier la justesse de ses propos. À quelques occasions, j'avais peut-être *oublié* de porter des sous-vêtements et *par inadvertance* remué mes fesses en me penchant sur l'îlot de la cuisine. Il suffisait de soulever nos jupes respectives pour qu'un certain serpent à crêtes s'aventure dans une grotte accueillante. Mes propres mains vagabondes avaient peut-être atterri par hasard sous l'ourlet de son kilt et s'étaient retrouvées à jouer distraitement avec ses couilles.

Alors même que nos langues s'entremêlaient, je frottai mes paumes sur les reliefs sculptés de son ventre. Les doigts de ma main droite s'aventurèrent plus bas, sur le côté, pour ouvrir les deux boucles qui maintenaient son kilt en place. Bon sang, comme j'aimais la sensation de sa peau lisse et de ses mamelons durs sous mon toucher !

J'interrompis le baiser, presque enivrée par son goût sucré de pêche. Je lui saisis la corne droite et tirai fermement pour lui faire pencher la tête en arrière. Vazul inspira bruyamment et le son résonna directement entre mes cuisses tandis que mes lèvres exploraient son visage avec dévotion. Sa peau n'avait pas tout à fait la même texture que celle d'un humain. Elle était douce à certains endroits et légèrement plus rugueuse à d'autres, comme si elle était recouverte de minuscules écailles. Je ne pouvais pas vraiment le décrire avec des mots, mais cela n'avait pas d'importance. J'aimais la sensation de sa peau contre mes lèvres et sous ma langue.

Il frissonna lorsque je commençai à lécher son cou, juste en dessous de l'oreille, puis je mordillai son lobe. Vazul grogna son approbation et glissa ses doigts dans mes cheveux pour les poser sur ma nuque. J'aimais qu'il n'essaie pas de contrôler mes actions, me laissant explorer son corps comme bon me semblait. Évidemment, cela ne durerait pas. Il ne pourrait s'empêcher de prendre le dessus à un moment donné. Mais j'allais savourer ce qui m'appartenait aussi longtemps que possible.

Je le léchai en un mouvement descendant jusqu'à son torse, m'arrêtant un bref instant pour que ma langue puisse titiller ses mamelons. Vazul gémit à nouveau, ses muscles abdominaux frémissant en réponse à mes caresses. Avec un sourire triomphant, je refermai mes lèvres autour de son petit bouton et le suçai lentement. Je taquinai l'autre du pouce, puis le pinçai assez fort pour que cela lui fasse presque mal. Mon démon aimait un peu de douleur. Une fois de plus, il grogna son approbation. Mais ce fut l'apparition de quelques stries enflammées sous sa peau qui m'enhardit.

Même s'il pouvait les faire apparaître à volonté, ils surgissaient souvent involontairement en réponse à des sensations agréables. Je détournai immédiatement mon attention de son mamelon pour me concentrer sur l'éclair qui parcourait son ventre. Je le suivis du bout de la langue. Celle-ci frémit sous l'effet de la chaleur qui s'en dégageait.

Tout en léchant les autres éclairs situés plus bas, j'ouvris les rabats de son tartan – que j'avais détaché auparavant – révélant ainsi mon trésor. Trouver Vazul déjà à moitié en érection réveilla une pulsation sourde entre mes cuisses. Incapable de résister, je me jetai dessus. Vazul siffla, son dos se redressant partiellement lorsque ma main se referma autour de mon membre. Putain, mon homme était épais ! Je n'arrivais toujours pas à croire que je parvenais à le prendre.

Et c'était tellement glorieux !

Je m'émerveillai devant la beauté de son membre, avec ses nervures tourbillonnantes qui me procuraient tant de plaisir à l'intérieur de moi. Elles étaient tout aussi incroyables contre ma paume lorsque je commençai à le caresser. En quelques secondes, une lueur rougeâtre apparut entre les crêtes, signe révélateur du plaisir de mon démon. Je me penchai en avant et léchai son membre longuement et lentement, de la base jusqu'au gland. Vazul siffla à nouveau, le son se transformant en grognement lorsque je le pris profondément dans ma bouche. Il s'appuya sur ses coudes pour me regarder l'avaler.

Vazul adorait regarder sa verge pénétrer en moi, que ce soit dans ma bouche ou dans mon vagin. Il était incapable d'expliquer clairement pourquoi. Oui, cela l'excitait, mais c'était plus que cela. Il expliquait que, d'une certaine manière, chaque coup de reins me marquait davantage comme sienne, comme une confirmation visuelle de notre lien, ce qui apaisait sa possessivité presque enragée à mon égard.

Quelle qu'en soit la raison, je m'en fichais. J'aimais avoir son membre en moi.

Penchant la tête en arrière, je le regardais tout en me donnant en spectacle en lui faisant une fellation. J'arborais l'expression la plus lascive possible sur mon visage pendant que je le suçais, l'avalant aussi profondément que possible, puis remontant jusqu'à la pointe avant de faire tourner ma langue autour du gland. Entre-temps, je serrais la base de son membre, le caressant en contrepoint du mouvement de ma bouche, et je lui caressais les testicules comme il aimait.

Cela me déconcertait que ma petite personne puisse donner autant de plaisir à un démon sexuel vieux de plus de mille ans. Et pourtant, c'était le cas. Mon regard croisa le sien, et je me délectai du pouvoir que j'avais sur lui. Les yeux mi-clos, Vazul me fixait, les lèvres entrouvertes, sa respiration devenant de plus en plus bruyante et laborieuse sous mes caresses.

Le son étranglé qu'il émit lorsque j'enfonçai mes ongles entre les sillons de ses crêtes me fit tellement mouiller que je sentis mon essence couler le long de l'intérieur de mes cuisses. Qui aurait cru que donner du plaisir à quelqu'un pouvait être aussi excitant ? Ses gémissements dans mes oreilles, ses mains agrippant la couverture alors qu'il luttait pour garder le contrôle, la texture bosselée de son membre sur ma langue et son goût addictif de crumble aux pêches dans ma bouche faisaient se contracter mes parois internes de désir.

Je balançai ma tête au-dessus de lui, une main serrant ses testicules presque douloureusement, tandis que mes ongles continuaient à stimuler les zones hautement érogènes entre les sillons de ses crêtes. Le son de ses gémissements extatiques et les spasmes involontaires de ses jambes annoncèrent son orgasme imminent. J'accélérai le rythme, effleurant son membre avec mes dents à chaque mouvement vers le haut, et le taquinant avec ma langue alors que je le prenais profondément dans ma gorge.

Comme lors de tous nos précédents ébats, je tentai de me convaincre que cette fois-ci, j'allais enfin amener mon homme à jouir de cette manière. Pendant une fraction de seconde, lorsque Vazul poussa soudainement un grognement sauvage, je crus réellement qu'il s'était enfin autorisé à prendre son pied en premier.

Mais non.

Ce satané mâle repoussa violemment ma tête. À la vitesse de l'éclair, mon démon se pencha en avant, m'attrapa par la taille et me plaqua littéralement sur le matelas.

Mon estomac fit un saut périlleux entre la peur et l'excitation lorsqu'il se jeta sur moi avec un regard presque sauvage. Étourdie, je compris à peine comment il réussit à me dépouiller de mon débardeur et de ma jupe. Ses mains et sa bouche étaient partout sur moi, avec une ardeur et une passion qui mettaient tous mes sens en alerte. Il semblait presque possédé alors qu'il embrassait, caressait et suçait chaque centimètre de mon corps. Si je ne l'avais pas vu de mes propres yeux, j'aurais pensé qu'il avait fait apparaître des membres supplémentaires pour me toucher. Et pourtant, il gérait cette surcharge sensorielle avec seulement ses mains et sa bouche diabolique.

Et cette dernière se déchaîna sur moi.

Une série interminable de gémissements voluptueux s'échappa de ma bouche lorsque Vazul enfouit son visage entre mes jambes. Avec lui, on ne savait jamais s'il allait se lancer dans de longs préliminaires en me taquinant avec la torture la plus exquise, ou aller droit au but en me faisant immédiatement chanter des arias. La question trouva instantanément sa réponse lorsque ses lèvres se refermèrent sur mon petit bouton, le suçant frénétiquement tandis que deux de ses doigts s'enfonçaient profondément en moi.

Mon dos se cambra au-dessus du lit alors que le plaisir montait rapidement en vagues ardentes. Avec une précision mortelle, les doigts experts de mon démon stimulaient mon point sensible, envoyant des étincelles fulgurantes à travers tout mon corps. Tenant ses cornes à deux mains, je m'abandonnai à lui. Mes hanches se trémoussèrent d'elles-mêmes tandis qu'il me dévorait avec une faim insatiable. Les jambes tremblantes à l'approche de l'orgasme, je scandais son nom, l'encourageant à continuer.

Même si je l'avais vu venir, mon orgasme me frappa avec une violence dévastatrice. Je criai, mon corps secoué de spasmes tandis que Vazul continuait à se régaler de moi pendant encore un moment. Une fois que je commençai à redescendre, il s'arrêta et remonta le long de mon corps en m'embrassant. À ma grande surprise, il ne s'allongea pas sur moi. Au lieu de cela, il me retourna sur le ventre et se mit à vénérer chaque centimètre de l'arrière de mon corps, comme il l'avait fait auparavant pour mon devant.

Naturellement, il accorda une attention particulière à mon derrière, qu'il adorait. J'aimais quand il ouvrait grand la bouche et le mordait, comme s'il essayait d'en arracher un morceau. Cela ne me faisait jamais mal, mais je le sentais nettement. Et cette demi-douleur se répercutait toujours dans mon clitoris.

À ma grande stupéfaction, il ne me donna pas de fessée. J'adorais le pincement et les picotements brûlants qui suivaient. Mais le fait qu'il passe ses griffes sur mon dos, mes fesses et l'arrière de mes cuisses balaya toutes ces pensées. Mes jambes tremblèrent violemment en réponse et mes orteils se recroquevillèrent. Je ne saurais dire pourquoi cette sensation de brûlure persistante m'excitait autant, mais elle me faisait toujours palpiter aux bons endroits.

Je hoquetai lorsqu'il saisit soudainement mes hanches et tira mes fesses vers le haut, me mettant à genoux alors que mon visage restait pressé contre le matelas. Un cri étouffé m'échappa lorsque sa bouche se posa immédiatement sur mon sexe, une seconde avant que sa langue ne s'enfonce en moi. Je serrai la couverture dans mes poings, mon corps tremblant alors que Vazul étirait sa langue à des longueurs impossibles, la rendant plus épaisse à mesure qu'elle allait et venait en moi.

À l'aide de ses griffes qui continuaient à enflammer ma peau et de sa langue diabolique qui me faisait l'amour, mon démon ne tarda pas à me faire jouir une nouvelle fois. Mon dos se raidit alors que je criais une fois de plus de plaisir. Si Vazul n'avait pas soutenu mes hanches, je me serais affalée sur le lit.

Planant toujours d'extase, je le sentis vaguement retirer sa langue de mon intimité. Deux de ses doigts prirent le relais, frottant cette fois mon clitoris, pour me maintenir au sommet de l'extase. Puis son membre épais vint titiller mon ouverture. Une vague de désir explosa au creux de mon ventre lorsqu'il s'enfonça en moi. Entre mes deux premiers orgasmes et ses doigts qui me stimulaient, Vazul m'avait rendue tellement mouillée que mon corps l'accueillit rapidement.

Il ne me laissa pas le temps de me remettre complètement avant d'imposer un rythme effréné. Bon Dieu ! Je ne me lasserais jamais de la sensation folle de son énorme queue qui me pénétrait. Entre cela et le massage frénétique qu'il accordait à mon clitoris, une série de micro-orgasmes ne cessèrent de se déclencher, me menant au bord de la folie. Mon démon me baisa sauvagement, chaque friction de ses crêtes contre mon point G attisant le brasier qui faisait tourbillonner de la lave liquide au creux de mon ventre, puis se propageait dans toute ma région inférieure.

Vazul se pencha en avant, la chaleur intense de son torse sur mon dos faisant courir un frisson violent le long de ma colonne vertébrale. Ma peau se couvrit de chair de poule. Son bras gauche glissa devant moi, me tirant vers le haut. Sa main se referma autour de ma gorge alors qu'il me cambrait contre lui dans une position pas tout à fait à genoux. Je m'agrippai à son poignet, mon autre main se posant sur le dos de la sienne, qui continuait à frotter mon clitoris.

Il pressa ses lèvres contre mon oreille tout en continuant à me pénétrer.

— As-tu la moindre idée à quel point je t'aime ? grogna-t-il, d'une voix presque furieuse.

Mon cœur bondit et des larmes me montèrent aux yeux sous le coup de l'émotion puissante que ses mots suscitèrent en moi. Je savais qu'il avait des sentiments profonds pour moi, mais je ne m'attendais pas à une telle confession, encore moins aussi tôt. Je ne pouvais pas dire que j'en étais déjà là, mais je m'en approchais à toute vitesse. Cependant, je n'eus pas l'occasion de répondre. Une lumière aveuglante explosa devant mes yeux alors que je criais, emportée par la félicité.

La pièce tournoya tandis que je dégringolais dans une spirale d'extase sans fin. Des vagues de plaisir s'abattirent sur moi tandis que mon homme continuait à me démolir. Rien d'autre ne comptait que la chaleur brûlante de son corps, en moi et autour de moi, ses lèvres et ses mains sur moi, et sa queue qui me ravageait.

Il me fallut un moment pour reconnaître la source des lumières rouges qui planaient au-dessus de ma tête. Je ne sentis jamais le moment où Vazul me mit sur le dos. Son poids délicieux me cloua sur le matelas tandis qu'il me pilonnait avec un abandon effréné. Il me fixait avec des yeux incandescents, le visage contracté par un plaisir presque trop intense, les crocs dénudés.

Nos voix se mêlèrent dans des gémissements de volupté. Je soulevai mon bassin pour le rencontrer à chaque coup de reins, mes ongles s'enfonçant dans son dos. Ma peau était en feu et mes terminaisons nerveuses s'embrasaient. Je me noyais dans un océan de plaisir alors que le claquement de nos chairs se rencontrant emplissait la pièce. Mes gémissements voluptueux et ses grognements sauvages s'entremêlaient dans un crescendo sulfureux qui me laisserait bientôt anéantie.

Par la façon dont il me regardait, me touchait, me faisait l'amour, Vazul me donnait l'impression d'être la femme la plus désirable de l'univers et d'être totalement chérie. À cet instant, alors même que j'approchais du gouffre, je compris que je ne pourrais jamais appartenir à quelqu'un d'autre de la même façon que j'appartenais à mon démon. Il me possédait, corps, cœur et âme. Je pouvais mourir ici et maintenant, consumée par la passion enragée qu'il déchaînait sur moi.

Et je ne regretterais rien.

Mon corps se figea sous l'effet d'un nouvel orgasme qui me frappa de plein fouet. Je criai avec une telle violence que j'en eus mal à la gorge. Vazul rugit, emporté lui aussi par la pression que mes parois intérieures exerçaient sur son membre. Si mon cerveau ne s'était pas fracturé, j'aurais été choquée que mon amant ne se soit pas enfoncé profondément pour me remplir de sa semence, comme il en avait l'habitude. Au lieu de cela, une bête sauvage sembla s'être emparée de lui et il se déchaîna sur moi. Vazul ne fléchit pas. Alors même que son essence brûlante se répandait en moi, il resserra sa prise sur mes hanches d'une manière presque brutale et continua à me baiser avec acharnement. Dans mon état hagard, je réalisai vaguement qu'il avait en fait réussi à se contenir, le déversement de sa semence s'étant arrêté presque aussi vite qu'il avait commencé.

Les yeux fermés, les dents serrées, il émettait le genre de grognements féroces que l'on attendrait d'une abomination diabolique issue des plus profondes fosses de l'enfer. Quelque chose s'était brisé en lui. La bête était libérée. C'était trop, et pourtant ce n'était pas assez. Chaque coup de boutoir de sa possession brutale menaçait de me briser, me précipitant dans un maelström de plaisir et de douleur dont je n'émergerais jamais. La peur et l'extase s'affrontaient en moi à parts égales. Je ne voulais pas qu'il s'arrête, même si cela devait me tuer.

Je ne vis jamais venir mon orgasme ultime. Je ne saurais dire si j'avais crié ou si j'avais eu d'autres réactions physiologiques. Cela expulsa ma conscience de mon corps. Le cri de Vazul retentit comme un coup de tonnerre. Mais j'étais tellement partie que j'avais l'impression de l'entendre sous l'eau. Sa semence explosa en moi en jets brûlants et puissants. Avec des mouvements erratiques, mon démon continua à se balancer en moi jusqu'à ce qu'il soit complètement vidé.

Il s'effondra sur moi avant de rouler sur le dos. Il m'attira sur lui, me tenant fermement comme s'il craignait que je ne disparaisse. Hébétée et complètement anéantie, je restai molle dans son étreinte, ma tête reposant sur son torse. Le son assourdissant des battements de son cœur qui se calmaient lentement agissait comme un phare, guidant ma conscience vers mon corps.

— Je ne pensais pas que tu prendrais mon défi innocent au pied de la lettre, bredouillai-je enfin.

Il s'ébroua puis gloussa avec une suffisance bien justifiée.

— Alors tu n'aurais pas dû le lancer, ma Coral. Je m'efforcerai toujours de dépasser tes attentes et tes demandes.

Me sentant encore un peu groggy, je levai la tête pour le regarder. Au lieu de l'expression arrogante à laquelle je m'attendais, Vazul me regardait avec une tendresse qui me fit fondre de l'intérieur. À ce moment-là, quelque chose s'ancra dans mon cœur.

— Je crois que je suis en train de tomber amoureuse de toi, Vazul, dis-je à voix basse, plus pour moi que pour lui.

L'expression la plus étrange traversa ses beaux traits.

— Non, ma Coral. Tu es déjà amoureuse de moi. Ton cerveau humain a besoin de plus de temps pour pleinement l'assimiler, mais tes émotions ne mentent pas, dit-il d'une voix douce mais factuelle. Ce n'est pas grave, ma bien-aimée. Le temps n'est plus un facteur lorsqu'il s'agit de toi et moi.

J'aurais dû lui reprocher d'être trop présomptueux, mais je savais que ses paroles étaient vraies.

— Merci de m'avoir choisie. Merci d'avoir éclos pour moi. Merci d'avoir fait de moi la femme la plus heureuse au monde, dis-je à la place.

— Maintenant et toujours, ma Coral. Maintenant et toujours.

FIN.

CHRONIQUES DE VÉRÉDIA

Fuite du Destin

Destin Aveugle

Élever Amalia

Aléas du Destin

Mains du Destin

Défier le Destin

Destin Impérial

BRAXIA

Anton's Grace

Ravik's Mercy

Krygor's Hope

Keran's Dawn

GUERRIERS XI

Doom

Légion

Raven

Bane

Chaos

Varnog

Reaper

Wrath

Xénon

Névrik

Rogue

AGENCE PRIME

J'ai Épousé Un Homme-Lézard

J'ai Épousé Un Naga

J'ai Épousé Un Homme-Oiseau

J'ai Épousé Un Minotaure

J'ai Épousé Wonjin

J'ai Épousé Un Triton

J'ai Épousé Un Dragon

J'ai Épousé Une Bête

J'ai Épousé Krogal

J'ai Épousé Une Dryade

J'ai Épousé Un Incube

J'ai Épousé Un Phalène

J'ai Épousé Un Homme-Chat

J'ai Épousé Amreth

J'ai Épousé Kayog

LE ROYAUME DES OMBRES

Destinée au Spectre

Destinée à la Faucheuse

Destinée au Lycan

LA BRUME

Le Mistwalker

Le Cauchemar

VALOS OF SONHADRA

La Cité de Glace

Prison de Glace

CONTES OBSCURS

La Malédiction de Barbe Bleue

Le Bossu

AUTRES

Un Alien Pour Noël

Coeur de Pierre

Résurgence Alien

Un Homme d'Acier

Oups ! J'ai Invoqué un Lidérc

À PROPOS DE RÉGINE

USA Today bestselling author Régine Abel est friande de romance futuriste, paranormale et fantaisiste. Ses livres contiennent toujours un peu de magie, des éléments inusités et un couple passionné. Elle aime inventer des héros aliens sexy et des héroïnes intelligentes et fortes qui évoluent dans des mondes fantastiques à travers une histoire remplie d'action, de rebondissements et de mystère.

Avant de se vouer à l'écriture à temps plein, Régine s'était livrée à ses autres passions : la musique et les jeux vidéo ! Après avoir œuvré pendant une décennie en tant qu'ingénieure de son en doublage de films et lors de concerts, Régine est devenue game designer puis directeur créatif en jeux vidéo, une carrière qui l'a menée de son pays de résidence, le Canada, aux États-Unis puis dans divers pays d'Europe et d'Asie.

Facebook
https://www.facebook.com/regine.abel.author/

Site Web
https://regineabel.com

Regine's Rebels Reader Group
https://www.facebook.com/groups/ReginesRebels/

Newsletter

http://smarturl.it/RA_Newsletter

Goodreads

http://smarturl.it/RA_Goodreads

Bookbub

https://www.bookbub.com/profile/regine-abel

Amazon

http://smarturl.it/AuthorAMS